追放されたおっさん
師、
なぜか
伝説の
大名工
になる
～昔おもちゃの武器を造ってあげた
子供たちが全員英雄になっていた～
青空あかな illust. 緋ノ丘シュウジ

第一章 四十歳の俺、追放される

「デレート！　我がギルドにいつまでもベネフィットをもたらさない君は追放とフィックスした！　このディシジョンに従え！」

「……なに？　追放？」

ここはグロッサ王国の地方都市、リーテンにある鍛冶ギルド。定時になったから帰ろうとしていたら、いきなりギルドマスターのシーニョンが叫びながらやってきた。だが、あいにく追放という言葉しかよくわからず、曖昧に聞き返すことしかできなかった。

「だから追放だと言っているだろ！　メンバーのコンセンサスは取れてるんだ！」

「ま、まずはどうしてか聞いてもいいかな？」

「ギルドのサスティナビリティを考えた結果だ！　念のため言っておくが、ジャストアイデアではないぞ！」

「う、うむ……」

怒涛のごとく外国語を多用してくるのは、俺と同じ鍛冶師で同期のシーニョン。つい先日、ギルドマスターに任命されたばかりだ。短い金髪をキチッと刈り上げ、額を出した爽やかな男……なのだが、鍛冶ギルドなのにこいつだけジャケットを着ているのはなんでなんだぜ？

「君のような意識の低い人間がいるとね、それだけでイシューだらけになるんだよ。歴史の長い我がギルドのアドバンテージがなくなる。わかるだろう？」

なるほど、わからん。

「……すまないが、もう少しわかりやすく言ってくれないか？」

「せっかく説明してやってるのに、僕の話がわからないというのかね⁉」

「そうじゃなくてだな……」

シーニョンは昔から意識が高い。いや、意識が高いのは素晴らしい。向上心にあふれているってことだからな。だが……こいつは本当に意識が高いだけなんだ。肝心の鍛冶の腕前は半人前どころか、八分の一人前だぞ。

「ほら、僕のかわいい子猫ちゃんたちも君の追放にアグリーらしいぞ」

「シーニョン様ぁ、こんなおじさんのことなんか放っておきましょうよぉ～」

「早くカフェに行きましょ～。奢ってくれるって言ったじゃ～ん」

我らがギルドマスターがドヤ顔で抱き寄せるのは、受付嬢の面々だ。シーニョンは鍛冶以上に若作りに必死だから、若い婦人といてもそれほど違和感はない。その意識の高さは本当に素晴らしい。俺なんか服とか適当だもんな。だけどさ……。

――……その前に鍛冶頑張ろうぜ。

シーニョンは鍛冶師なのに、「服が汚れる」とかでろくに仕事をしなかった。それでも上司のご機嫌とりだけはうまかったから、ちゃっかりギルドマスターに就任したのだ。まぁ、飲みニケーションで出世した男ってことか。

「君はクリエイティビティのない人間だな。僕とのスペックの違いにジェラシーを抱いても知らんぞ。さぁ、さっさと荷物をまとめて惨めにエスケープしたまえ」

「いやしかし……」

シーニョンの外国語にまみれたセリフを聞いているうちに、一抹の不安がよぎった。彼は俺を追放して……本当にいいのだろうか。別に、俺は自分に過剰な自信があるわけではない。しかし、こいつは自分の仕事を全部俺にやらせてたのだ。俺たちがギルドに就職したのは、たしか十歳。今四十だから、三十年ともに過ごしてきたことになる……。いや、なるのだが、こいつが槌を振るっている姿をマジで見たことがない。

——この男は三十年間、いったい何をやっていたんだ？

かねてからそれが、俺の強烈な疑問だった。

「まったく、僕は君と一生アライアンスできそうにないな」

「そ、そうか……」

「だから追放と言っているだろう！　僕は忙しくてバッファがないんだぞ！　君はどこまでもコスパの悪い人間だな！」

「わかった、すぐに出て行くよ」

これ以上話していても埒《らち》が明かん。さっさと出て行くのが最善手だろう。そして、荷物をまとめギルドを出た瞬間、シーニョンがドヤ顔で告げた。

「ＮＲ」

◆◆◆

ＮＲという謎の単語を残したまま、俺はギルドを後にした。さて、これからどうしようか。適当にリーテンの街をプラついていたら、路地裏から少年が飛び出してきた。衝突しそうになり急いで避ける。

「おっと、大丈夫か？」

「うん、平気！」

怪我させなくて安心していたら、母親と思われる婦人が後ろから出てきた。

「すみませんっ！　まったく、この子ったら。ほら、ちゃんと謝りなさい」

「いえ、本当に大丈夫ですから」

「バイバイ、おじさん！」

「あっ、こらっ。ごめんなさい、失礼します！」

少年を追いかける母親を見ていると、微笑ましいと同時に小さな寂しさに襲われる。ふと両手を見ると、ガサガサの肌にタコだらけの汚い手が目の前にあった。嫌でも三十年という月日の重さを感じる。

「俺もすっかりおっさんになっちまったな……」

仕事に打ち込んでいたら、知らないうちに三十年も経っていた。もちろん嫁なんていない。

元々社交的な性格じゃないし、女っ気のない生活が当たり前だった。まぁ、家庭に対する憧れがないと言ったら嘘になる。だが、今さらそんなのは夢のまた夢というのも事実だった。少しばかり哀愁に浸っていたら、一通の手紙が来ていたことを思い出した。

〔拝啓、デレート先生。お久しぶりでございます、ミリタルです。突然のご連絡失礼いたします。このたび、先生にお願いがあって筆を執った次第です。つきましては、王都にお出でいただきたく……〕

懐かしいな。十年……いや、十五年くらい前だったか？　ギルドの近くに住んでいた子どもたちに頼まれて、おもちゃを造っていた時期があった。そのうちの一人から手紙をもらっていたのだ。剣とか杖とか造っては、冒険者ごっこして遊んでたっけ。俺の数少ない楽しい思い出だ。いつからかすっかり見かけなくなってしまったが、元気にしているといいな。……さて、過去を懐かしんでてもしょうがない。

「ちょうどいいから王都に行ってみるか！」

思い返すと、俺は一度もリーテンから出たことがなかった。追放は意外といい機会かもしれん。王都行きの適当な三等馬車を見つけ、ガタゴト揺られていった。

数週間後、王都に着いた。リーテンの数倍は賑わっている。観光……の前に腹ごしらえしたいな。ちょうど市場がやっていて、串焼きの屋台に入ってみた。

「おばちゃん、おすすめある？」

「いらっしゃい！　〈ボア牛〉のロースとかどうだい？」

「いいね。じゃあそれちょうだい」

金を支払い串を受け取る。〈ボア牛〉は猪と牛が合体したようなモンスターで、引き締まった肉がうまいのだ。かぶりつくと、塩味のシンプルなおいしさに痺《しび》れる。

「ほふっ……うまっ」

肉を食べていると、自分の信念とともにギルドの懐かしき日々が思い浮かんだ。

――〝今、できることをやる〟

これが俺の信念だ。給料分の仕事をそつなくこなし、たまに一人でちょい豪華な酒を飲んだり飯を食う。それで十分なんだ。おっさん連中の顔色を窺《うかが》いながら飯食ってもうまくない。そうは言っても、こき使われる毎日だったが……。でも、これからは自由なのか。そう思うと、なんだか楽しくなるぜ。

「あんた、見かけない顔だね。どこから来たんだい？」

「リーテンさ。鍛冶ギルドにいたんだが、恥ずかしいことに追放されてね。いい機会だから王都へ観光に来たんだ」

「あら、そいつは難儀だったねぇ。ほら、おまけのハツだよ。これでも食べて元気だしな！」

「いいのか!?　ありがとよ、おばちゃんっ」

俺はおまけが大好きだ。なんか得した気分になるからな。ウキウキと食事を楽しんでいたときだ。

「ちょっと！　ここで買った剣がすぐに折れちゃったわよ！　いくらしたと思ってんの！」

「はぁ？　知らねえよ。お前の使い方が悪いんだろぉ？　人のせいにすんじゃねえや」

市場の端っこから男女の怒声が聞こえてきた。

「ん、なんだ？　なんか揉めてるみたいだが……」

「ああ、きっとまたあの武器屋だ。まったく、やんなっちゃうよ」

俺が声の聞こえた方を見ていると、おばちゃんはため息交じりに呟いた。

「あの武器屋って？」

「たまにどこからか来る行商人だよ。品揃えはいいんだが、あまり評判は良くないのさ。この前もナイフの焼きが甘いとかで客と揉めてたね」

「ふーん、王都にもそんなヤツがいるのか」

「王国軍も取り締まっているんだけど、ネズミのように入り込んでくるのさ。おおかた、観光客が騙されちまったんだろうね」

リーテンにも質の悪い鍋とかフライパンとかを、高く売っている店屋があった。鍛冶師としては見逃せないから、いつも注意していたっけな。もちろん、今回もだ。

「おばちゃん、ちょっと様子を見てくるよ。串焼きうまかった」

「気をつけなね。店主は血の気が多いって聞いてるよ」

串焼き屋から離れ、市場の端っこへ急ぐ。人だかりの中央では、男女が言い争っていた。石畳の上に絨毯《じゅうたん》を広げた若い男と、その前に怒った様子で立っている婦人、そしてその娘と思われる少女だ。婦人は凛としているが、少女はあわあわしっぱなしだった。

「スチール鉱石の剣だから、植物モンスターと相性は良いって言ったじゃない！　トレントの枝すら斬れなかったわよ！」

「お、お母さん、怪我とかしたわけでもないんだから、もういいじゃない……」

「お前の使い方が悪いって言ってんだ。スチール鉱石はそんな簡単に折れねぇよ。俺が紛《まが》い物を売ったって言ってんのかい？　だったら証拠を見せな」

「っ……！」

婦人にいくら怒鳴られても、男はニヤニヤしているだけで少しも動じていない。もしかしたら、こういうことに慣れているのかもな。婦人は折れたファルシオンを持っている。一般的な剣より刃が幅広く、斬るだけじゃなく叩くように使うこともできる剣だ。おばちゃんの言うように婦人が客で、露天商から買った品で揉めているらしい。しかし……スチール鉱石ね。ちらりと見えた断面や刃文から、男の嘘が明確にわかった。

「ちょっと失礼。俺も鍛冶師だが、どうしたんだ？」

「あぁ？　なんだよ、おっさん。文句あんのか？　人の商売にケチつけないでほしいね」

「そのファルシオンはスチール鉱石じゃなくて、錫不石で造ったんだよな？　嘘は良くないぜ、兄ちゃん」

材料の鉱石を指摘すると、露天商の男は固まった。ニヤニヤ顔は消え去り、その表情に焦燥感が現れる。

「は、はぁ⁉　錫不石なんか使ってねえよ！　いちゃもんつけてんじゃねえ！」

「だったら、この断面はなんだ？　穴あき紋様が出ているじゃないか。鍛冶師ならこれが錫不石の特徴だとすぐにわかると思うが」

「ぐっ……！」

錫不石は錆《さ》びにくく、食器や調理器具としては非常に優れている。だが、強い衝撃には弱いので、そのままでは武器のような製品には適さない。おまけに、錫不石は採取しやすいこともあり、Dランクの鉱石だ。スチール鉱石はAランクだから、ごまかして売れば利益もたくさん得られるだろうな。

「そして、一番明らかなのはこの刃文だ。小さな波がいくつも出ている。スチール鉱石の場合、波型の刃文は出ない。直線だけだ。客を騙すようなことはしちゃいけないぞ」

「い、意味わかんねえこと言ってんじゃねえよ、おっさん！」

往生際悪く男は怒鳴る。だが、こいつが嘘を吐いていることは剣が語っているんだ。

「そういえば、馴染みの鍛冶屋さんが教えてくれたけど、錫不石を使った剣は波の模様が出るんだって」

「あのおじさんの言う通りってことか」

「わ、私、見回りしている軍人さんがいないか見てくる」

周囲の観衆たちもざわつきながら、男への警戒を強めている。俺は仕事自体は真面目にやってきたつもりだ。知識も経験もそれなりにあると自負している。それ以上に、鍛冶に対しては自分なりの矜持《きょうじ》があるんだ。なおも反省しようとしない男にそっと伝えた。

「……お前な。道具を使う人たちの生活を考えたことあるか？」

「はぁ⁉　いきなりなんだよ！　知らねえよ、そんなの！」

「鍛冶師は道具を通して人と繋がっているんだよ。だから、俺たちはいつも真剣に仕事へ打ち込まないといけないんだ」

「ぐっ……この……！」

自分が造った道具は人々の生活の中にある。幸せであると同時に責任も伴うことだ。この男はまだ若いようだから、罪を償った上で更生できるといいんだが……。

「わかったら、このお嬢さんに金を返せって」

「う……うるせえ！　この俺に説教垂れてんじゃねえぞ、おっさん！」

「うわぁ！　暴れだしたぞ！　逃げろ！」

突然、男は並べていたナイフを取って立ち上がった。縦横無尽に振り回す。逃げ惑う観衆の中、男は俺に向かって突進してきた。

「死ね、おっさん！　説教は地獄で垂れやがれ！」

「うぉっ！」

ナイフが陽光を反射し鈍く光る。ま、まずい。周りには群衆があふれかえっていて、逃げようにも逃げられない。覚悟を決め、迎え撃とうと身構えたときだ。

「やめろ」

群衆の中から一人の若い女性が颯爽と現れ、手刀で男のナイフを落とす。と、思ったら、次の瞬間にはみぞおちに肘をめり込ませていた。ナイフ男はぐたりと崩れ落ちる。

「連れて行け」

「承知しました」

若い女性の後ろから現れた屈強な兵士が、露天商を連行していった。な、何が起こったんだ？予期せぬ光景と少しの無駄もない一連の動作に呆然としていると、群衆たちが嬉しそうな声を上げた。

「グロッサ軍だ！　ありがてえ！」

「し、しかも、軍団長様じゃねえか。直々に来てくださるなんて……」

「相変わらず素晴らしい身のこなしだ」

彼女たちは軍人なのか。どうりで強いわけだ。男から助けてくれた若い女性に礼を言う。

「ありがとうございました。おかげで助かりました」

「いいえ、仕事ですから」

「それじゃあ俺はこれで」

「……ちょっとお待ちください。あなたはもしかして……」

立ち去ろうとしたら、女性の軍人は俺をまじまじと見だした。肩のところがキチっとしたロングコートがいかにも軍人という雰囲気だ。左胸には勲章みたいのがついてるし偉い人なのかな。

な、なんだ、どうした？　美女に見つめられ、年甲斐もなくドキドキする。のだが、俺は別の

意味でもドキドキしていた。もしかして逮捕されちゃうとか？　一応この騒ぎの当事者だし。ははは、そんなまさか…………いや、ちょっと待て。とんでもないことに気づいてしまい、どっと冷や汗が出る。

――俺……今無職じゃね？

これ幸いと調子よく王都へやってきたものの、思い返すと俺は今無職だ。ギルドを追放されたんだから。この辺りで見かけない四十歳男性、独身、無職……。バ、バリバリの不審者と思われても仕方ないぞ、これは。

「すみませんっ！　お、俺はただ観光に来ただけでして……！」

「先生、ですよね！　リーテンの鍛冶師の！　私のこと覚えていませんか⁉　ミリタルです！」

鈴が鳴るような美しい声を聞いた瞬間、昔の記憶がブワッと頭に浮かんできた。夜でも浮かび上がるほどの眩いブロンドヘアを頭の後ろで一つに垂らし、蒼い瞳は大海原のように深く澄んでいる。顔の横に垂れた髪が風に揺れているのも昔から変わらない。そう、この美人はミリタル。おもちゃを造ってあげていた近所の子どもたちの一人だ。

「ミリタル……ずいぶんと大きくなったな……」

「やっぱり先生でしたか！　そうじゃないかと思ったんですよ」

「まさかこんなところで会うとは思わなかった」

「それは私のセリフです、先生」

ミリタルは俺の手を握り、嬉しそうな様子で振り回した。普段は冷静沈着な性格だったが、笑うと子どものように無邪気な笑顔を見せる……。そういうところも変わっていないな。最後に会ったのは十五年ほど前なのに、不思議とよく覚えている。

「軍団長と知り合いなんてすげえな、あのおじさん」

「有名な鍛冶師なんだろうか」

「知識もたくさんあるみたいだしな」

群衆たちの言葉に、思わず笑いそうになってしまった。あいにくと俺はそんなすごい鍛冶師じゃない。地方出身の単なる無名の鍛冶師だ。でも、かつての子どもに出会えたのは素直に嬉しい。

懐かしさに浸っていたら、兵士たちがおずおずと話しかけてきた。

「『軍団長、そちらの男性は……？』」

「こちらは幼少期、私の面倒を見てくれていた方だ。少し話していくから、お前たちは先に帰ってくれ」

「『御意』」

ミリタルに命じられ、屈強な兵士たちは去っていく。なんかすごい威厳だ。十五年前彼女は七、八歳だったから、まだ二十代半ばだよな。俺とはえらい違い……あっ、そういえば。

「さっきから軍団長って呼ばれているけど、ミ、ミリタルってグロッサ軍の軍団長なの？」

「はい。おかげさまで、グロッサ軍を率いる立場になれました」

……マジか。

「ものすごい大出世じゃないか……」

軍団長と言ったら、国軍のナンバー2だぞ。昔は一緒に遊んでいたのに……。急に彼女がはるか遠くの人格者に見えてきてしまった。片や俺は無職のおっさん（四十）。あまりの身分の違いに自信を失い、存在を消されそうになる。

「これは全て、先生が造ってくれた剣のおかげなんです」

「……ん？　剣？　どういうことだ？」

「ここで話すのも何なので、お店の中にでも入りましょう」

「あっ、ちょっ、待っ」

ミリタルは嬉々とした様子で俺の手を引いていく。な、何がどうなっている……？

「あのっ、すみませんっ」

連行されそうになっていたら、俺たちを呼び止める声が聞こえた。さっきの婦人だ。傍らには少女も。二人は俺たちの前でペコリとお辞儀する。

「『助けていただいて……本当にありがとうございました』」

「いや、俺は何もしてないよ。ただ嘘を見過ごすことができなかっただけだから」

「怪我がないようで良かった」

ミリタルの口調は一転して堅苦しい感じになった。俺と話すときは昔のまんまなのに……。切り替えの速さに、彼女がすっかり軍人になっていることを実感する。

「わたしはこの近くで一人、宿屋をやっているテルと言います。こっちは娘のコンフィです」

「コンフィと申します。よろしくお願いします」

婦人たちはそのまま立ち去るかと思ったが、意外にも自己紹介してくれた。テルさんは肩くらいまでの赤い髪に茶色の目。背はミリタルより少し低いな。雰囲気から三十代前半と思われる。ゆったりした七分丈のシャツにズボンを着ていて、二つに垂らしているお下げが印象的だった。

コンフィちゃんも赤い髪で、肩くらいまで伸ばしていた。目もテルさんと同じく茶色の瞳。年のころは十四歳くらいだろうか。前髪は兜の飾りがついたヘアゴムで一つに縛っており、ぴょこんと跳ねていた。テルさんに比べると、おどおどしていて自信なさげな雰囲気が漂っている。

「テルさんは宿屋の人だったんだ。でも、どうしてファルシオンなんかを」

「たまに副業としてモンスターを討伐することがあるんです」

「なるほど……」

「わたしには金属の材質なんてわかりませんから、あのままじゃ泣き寝入りしていました。夫も亡くして久しいですし……本当にありがとうございます」

テルさんは俺の手を握り、改めてお礼を言ってくれた。露天商に詰め寄っているときは気が強そうに思えたが、結構礼儀正しい人なんだな。ミリタルはそんな俺たちを眺めていたかと思うと、思い出したかのように呟いた。

「コンフィとは、最近入隊したあのコンフィか？」

「は、はい、そうですっ！　軍団長閣下にお会いするのは、入隊式以来であります！　このたびは本当にありがとうございました、軍団長閣下っ！」

ミリタルに言われると、コンフィちゃんは慌てた様子で敬礼した。国軍の関係者だったのか。

「二人は知り合いなの？」

「グロッサ軍は日頃から兵士を募集しておりまして、彼女はつい最近入隊した娘です」

「今日は半休をいただいており、母のクエストに同行しておりましたっ！」

コンフィちゃんは敬礼したまま応える。まだ若いのに立派だ。そして……俺の手はまだテルさんに握られていた。なぜだ。さらに、ミリタルがなんとなくピリピリしているのはまたなぜだ？

「さて、先生。そろそろ行きましょうか」

「え、どこに？　……うぉっ」

突然ミリタルが俺の腕を掴み、猛烈な勢いでどこかへ引っ張っていく。スラリとしていて細いのにとんでもない力だ。ぐんぐん歩かされている後ろから、テルさんの大きな声が聞こえてきた。

「わたしの宿は王都のイースト地区にあります！　お礼を差し上げたいので、ぜひ泊まりに来てくださいねー！」

「わかりました。後で行……」

「喋ると舌を噛みますよ、先生」

テルさんに返事しようとしたらミリタルの冷たい声が聞こえ、何も言えなくなってしまった。

◆◆◆

「さあ、先生。お好きな物をお選びください。この店のメニューはどれも素晴らしいですよ」

「そ、そうだな」

ミリタルに連れて来られたのは、王都の中心にある高そうな（ここ重要）カフェの個室。どれもこれも一日の食費が消し飛びそうな値段だ。金はそこそこあるものの、急に心細くなる。

「お金のことなら心配しないでください。先生に払わせるようなことはしませんので」

「えぅぁ……」

見透かされたように、ミリタルに告げられる。情けなくて涙が出そうだ。とりあえず、一番安い紅茶を頼んでおいた。

「そ、それにしてもここは良い店じゃないか。ミリタルの行きつけなのか？」

「ええ、国内の良い茶葉が揃っているんです。特に北方の茶葉に関しては国内最高峰かもしれません」

「へ、へぇ～」

俺とは住む世界がまるで違うのだが。最後に紅茶を飲んだのっていつだっけ？　さっそく話題が尽きそうで冷や汗をかいていたら、さて……とミリタルは姿勢を正して俺を見た。軍人モードに入った彼女につられ、俺も緊張感が高まる。

「私は国軍に入隊後、任務で各地を回りました。国内はもちろん辺境の荒れ地や砂漠など、気候も文化も違う多種多様な場所です。国外の戦闘にも従事したことがあります」

「グロッサ軍は異動が多いらしいからな」

俺がリーテンに閉じこもっている間にも、彼女は色んな場所へ行っていたのか。その行動力も見習わないとなぁ。

「各地を旅していて、私は実感したことがあります。人類の発展の陰には、必ず〝伝説の大名工〟がいたんです」

「ああ……伝承に残っている剣や盾を造った人のことか」

世の中にはそれこそ、星の数ほどの武器や道具がある。だが、伝説級の物となるとグッと限られる。そんな道具を造った人物は〝伝説の大名工〟なんて呼ばれ方をされていた。

「そして、同時に確信したことがあります。この時代における〝伝説の大名工〟は先生だと……」

そこでミリタルは言葉を切ってしまった。……思ったより重い話なんだが？　ちょっとそこら辺でお茶でも、って軽いノリじゃなかったっけ？

「その話を踏まえ、先生にずっと頼みたいことがありました」

「頼みたいこと？　俺に？」

手紙にもあったが、こんなしがないおっさんになんだろうな。ミリタルはしばしの間考えこんだかと思うと、意を決した真剣な表情で告げた。

「先生。グロッサ軍の……専属鍛冶師になっていただけませんか？」

ミリタルの口から言われたことは、まったく予想だにしないことだった。

「お、俺が専属鍛冶師!?　グロッサ軍の!?」

「先生、お静かにっ……！　まだ内密の話ですから」

「ご、ごめんっ」

ミリタルに言われ、慌てて声のトーンを落とす。これじゃあ、どっちが大人かわかったもんじゃない。口に手を当てた瞬間、これまた聖女みたいに厳かで美しい店員が俺たちのお茶を持ってきた。コトリと置いて優雅に去っていく。

「急な話で申し訳ありませんが、先生以上の適任はいないと思っています」

「しかし、なんでまた俺なんかにそんな大役を」

「それは、私が軍団長になった経緯からお伝えするのがよろしいかと思います。先生、まずはこれを見てください」

「え……なにこれ」

ミリタルは腰に下げていた剣を、そっと机の上に載せた。漆黒の鞘《さや》は太陽の光すら吸収するほどに黒いが、不思議と恐怖や嫌悪感は覚えない。むしろ高貴な精霊にでもあったかのような高揚感を覚えた。

「どうぞ剣を抜いてください」

「あ、ああ……」

その存在感に圧倒されながら、ゆっくりと刀身を引き抜く。刀身も鞘と同じ深い漆黒だ……。中央にかけてやや凹むように描いているカーブが美しいな。そして、表面には魔法の呪文らしき不可解な紋様が刻まれていた。一目見て国宝級の一品だとわかる。

【神憑りの魔導剣：シンマ】
ランク：S
属性：聖
能力：魔力を聖属性に変換し、神速の如き一撃で敵を駆逐する。使用者の剣技を剣聖レベルにまで増幅させるが、血が滲むような修練を積んだ者でなければ逆に剣技を弱めてしまう。

「ラ、ランクS（小声）⁉　ほんとに国宝級じゃん。……どうしよう、手垢がついちゃった」

「これは先生が昔、私に造ってくれた剣です」

「ええ⁉」

先ほど静かにと言われたばかりなのに、思わず大きな声で驚いてしまった。でもそれくらいマジで驚いたんだ。冷や汗をかきながら慌てて否定する。

「お、俺はこんな剣、造った覚えはないぞ」

「いえ、先生が造ったんです。……いや、そういうと語弊があるかもしれません。先生が造ってくれたおもちゃの剣が、進化したんです」

「け、剣が進化？」

いったい彼女は何を言っているのだ。モンスターが進化することはあっても、剣が進化することなんて聞いたことがないぞ。

「おそらく、先生が造る武器には進化する力があるのです」

「な、なにぃ？」

「最初はただのおもちゃだったのですが、ともに過ごしているうちに形を変えてこのような姿になりました」

ミリタルはそう言っているが、このとんでもない剣があのおもちゃとは……。ぼんやりと十五年前を思い出す。たしか、ミリタルには短剣のおもちゃを造ってあげた気がする。まぁ剣といっても、全然斬れないし刀身も分厚いしで、ほんとに子どものおもちゃだった。

「ミリタルの話を信じたいのは山々だけどさ……どうしても信じられないな……。三十年近く色々と武器や日用品を造ってきたが、進化したなんて報告は一つも受けていないんだ」

「ええ、先生が信じられないのも無理ありません。武器の進化なんて私も初めてですから。私も色々と考えましたが、〝貰い手の想い〟が重要な気がしています」

「……どういうことだ？」

「先生が造った道具を、持ち主たちは大事に扱っていましたか？」

ミリタルの言葉を聞き、はたと気が付いた。リーテンは地方都市だが周囲にダンジョンや洞窟が多く、モンスターもたくさんいる。常に依頼がある冒険者たちは稼ぎが良いためか、武器を使い捨てにする者が多かった。直すくらいなら新しく造ってやれ、といったところか。

思い返せば、リーテンには物を大切にする文化が根付いていなかった。街の経済は冒険者絡みの仕事で明るかったが、その分使い捨てが流行っていたのだ。フライパンが焦げたら、新しいのとすぐ取り換えるといった風に……。おかげでギルドも繁盛していたわけだが、鍛冶師としてやりきれない思いもあったのは事実だ。

「皆、少しでも壊れたり汚れたりしたら、すぐ捨てていたな」

「他の道具が進化しなかったのは、〝貰い手の想い〟が成熟する前に捨ててしまっていたからだと考えられます」

「なるほど、一理あるな」

「私は魔法学院を出ていませんが、自分なりに書物などを調べた結果、このような仮説を立てました……そして！」

そのまま、ミリタルは興奮した様子で話を続ける。

「私はこの剣のおかげで魔族四天王の一人を倒し、その功績によって軍団長に任命されました。今では英雄と呼んでくれる国民たちもいるほどです」

「す、すごいじゃないか。俺も感慨深いよ」

「しかし！」

「うおっ！」

いきなり、ミリタルは俺のゴツゴツした手を掴んだ。彼女の肌はなんてスベスベしていて張りがあるのだ……じゃなくて！　意図せず、極めてまずいシチュエーションになってしまった。しょぼいおっさんが美女の手を握りしめている。しかも、個室で……二人っきり……。これはれっきとした通報案件だ。焦りで心臓が早鐘を打つ。

「は、離しなさい。絵面が良くないから」

「私の功績は全て、先生が造ってくれた武器のおかげだと思っています」

「いやいや、ミリタルの腕が良いからでしょうよ」

剣を振るう人の成果は、完全に使い手によるものだ。俺が造った武器のおかげで活躍したなんて、おこがましいにもほどがある。

「いいえ、それは違います」

「違くないって」

「いくら優れた剣士でも、錆で覆われ刃こぼれした剣ではスライムすら斬れません」

「う……それはまぁ、そうかもだけど……」

ミリタルはどうしても、俺のおかげで活躍したと言いたいらしい。反論しようとしたが、良い例えが少しも浮かばず簡単に論破されてしまった。

「そして、専属鍛冶師の話ですが、どうしても先生に頼らざるを得ない事情があるのです。グロッサ軍には優秀な鍛冶師がいたのですが、つい先日高齢と持病のため引退しました」

「ああ、それで後釜を俺にってこと？　無理無理！　そんな重職に見合う力量はないよ」

「いえ、後任の鍛冶師はすでに就任しているのです」

「あっ、そうなんだ」

また先走ってしまった。彼女はこんなにも落ち着いているというのに。俺はいい大人なのだから冷静な一面も見せなければ、と小さな決心を固めていたら、ミリタルが呟くように言った。

「この後任の鍛冶師というのが……少々厄介な人物でして。横暴な上に腕が悪く、国軍の武器管理に支障をきたしています。前任の部下だった鍛冶師も、みな追い出してしまいました」

「そんなヤツが就任しちゃったの？　だったら辞めさせれば……」

「それが……国軍に多額の寄付をしてくれている公爵家、フェルグラウンド家の一人息子なのです。鍛冶師になったのも楽そうだから、とかいうふざけた理由でした。我々の立場もあり、兵士たちは不満を押し殺すことしかできず」

「あぁー……」

それだけで面倒な事情だとわかる。どこの世界でもこういうことがあるんだろうなぁ。

「そこで、先生。後任の鍛冶師に格の違いを見せつけて、ぜひとも追い払ってください」

「い、いや、しかし……」

重ねて言うが、力量不足だ。俺は地方都市出身の単なるおっさん鍛冶師。国軍の専属鍛冶師になれるような器じゃない。どうやって断ろうか迷っていると、かぐわしい花の香りが鼻をくすぐった。

「お願いします、先生。こんなこと先生以外には頼めないのです」

グイッと迫るミリタル。後ろには壁。いつの間にか、彼女は俺の真横に移動していた。ギュッと手を握られ、真摯な瞳で見つめられる。ものすごい熱意を感じる……。その蒼い目を見ていると、徐々に断るのは悪い気がしてきてしまった。

「じゃあ……話だけでも聞いてみるかな」

「ありがとうございます、先生！　これで国軍も救われます！　さっそく本拠地に向かいましょう！」

　ミリタルは子どものようにはしゃぐ。断じて彼女の押しに負けたわけではない。話を聞くだけだ。俺は意志の強い男だからな。ミリタルには悪いが、話だけ聞いて静かに帰ろう。こんなおっさんに国軍の専属鍛冶師など務まらない。話を聞くだけと決めたから、それ以上のことはできないのが心苦しいぜ、まったく。

　やれやれと思っていたが、なるべく見ないように心掛けていた白い物体が、視界の下で光に反射していた。そう、彼女の白い太ももが。あろうことか、彼女は軍団長なのにミニスカートを穿《は》いていたのだ。おっさんとしては、もうハラハラしてしょうがない。

「ゴ、ゴホンっ、ミリタル‼」

「はい、なんでしょうか？」

　当の本人は別に気にしていないのだろうか。……いや、気にしてほしい。

「ぐ、軍団長としては少し露出が多いと思われるが？」

「ああ、これですか。ズボンより動きやすいんですよ」

　ミリタルは何の気なしにアハハと笑っている。俺は気絶するかと思った。

「動きやすいって……せ、戦闘中にひらめいたりしたらどうするの！」

「それなら大丈夫です。下にスパッツ穿いてますから……ほら」

「うごぉあっ！」

　突然、ミリタルはスカートをペロンとめくってきやがった。白い太ももの奥にショートパンツのような黒い布が目に入った瞬間、慌てて両手で目を覆う。だが……間に合わなかった。回避不可の不意打ちだ。

「先生、どうしましたか？」

「見てないから！　見てないからね！」

これはまずい。大変にまずい光景だ。どうしよ、どうしよ、と思っていると、ミリタルの声が聞こえてきた。至って普通の調子の声が。

「あの～、先生……」

「なに！」

「……ちゃんと確認しなくていいんですか？」

「早くスカートを下ろしなさーい!!」

思わず叫んでしまったぞ。ミリタルはそんな大声出さなくても……と、ぶつぶつ文句を言いつつもスカートを下ろしてくれた。ようやく心の安寧が戻ってくる。

「さて、さっさと会計を済ませちまうか。……あっ、ヤべっ！」

カッコいいところを見せようと財布を出したが、ちゃんと閉まってなくて銅貨をばらまいてしまった。惨めな気持ちで金を拾い集める。

「ここは私が払います。先生はのんびりしていてください」

「うん……」

「あれ？　お財布が見つからない……」

「何か落ちたよ、ミリタル」

彼女がコートをいじっていたら、ポテッと何かが落ちた。拾い上げると小さな人形だとわかる。

灰色っぽい髪に碧目の男。髪型や雰囲気がなんとなく俺に似ている。動きやすそうな白っぽいシャツもそうだし、前掛けやブーツなんかも昔から着ている作業着にそっくりだ。不思議と親近感が湧いた。

「かわいい人形じゃないか」

「あわわわわわ！」

ミリタルは目にも留まらぬ速さで人形を奪い取る。かと思いきや、抱きしめたまま部屋の隅にしゃがみ込んでしまった。ど、どうしたんだ？　と思った瞬間、俺は全てを理解した。

あれはきっと、彼女の想い人を模した人形なのだ。それをこんな汚いおっさんに触られた。不愉快な気持ちになるのは当然だろう。つまり、俺はまたやらかしたというわけだ。

「ご、ごめん！　そんな大事な物だとは知らなかったんだ！」

「い、いいえ、違うんです！　これは……その…………先生を模した人形です」

「……なに？」

衝撃の一言。完全に不意を突かれた俺を置き去りにし、ミリタルは顔を赤らめながら話を続ける。

「私はリーテンを離れた後も……ずっと先生が忘れられませんでした。だから、お守り代わりに先生のミニ人形を作ったんです。ここだけの話、毎晩一緒に寝ているんですよ……きゃーっ！

言っちゃいましたー！」

ミリタルは顔を押さえて、言っちゃった、言っちゃった！　と騒いでいる。こうして見ると本当にただの乙女のようだが、俺の頭はもう大混乱だ。な、何がどうなっている？　頼む、誰か教えてくれ。

「これは二十五歳バージョンなので、四十歳バージョンも作らなければなりませんね……あっ！今のは独り言なので気にしないでください！　……何も聞いてませんよね、先生？」

「だ、大丈夫……何も聞いてないよ……」

「先生、後でスケッチさせてください。何のためにとは言いませんが！」

「う、うん……」

ミリタルの諸々強烈な印象を残し、俺たちはカフェを後にした。

間章　国宝の修理(Side：シーニョン)

「あぁ……やはり四十歳には見えない……。僕は選ばれし人間なんだ……」

デレートの無能を追い出してから数週間後。僕はいつものように、ギルドマスターの部屋で自分に見惚れていた。週三で鍛えている身体は引き締まり、徹底したスキンケアは老いを感じさせない。身につけているのは最高品質のジャケットとパンツ。どこからどう見ても、儲かっているギルドの優秀なマスター。

――ふつくしい……。

これは僕の信念だが、ビジネスでは有能感を出すことが何よりも重要だ。他人からの評価は第一印象だけで決まる。だから毎日輝いている僕は、鍛冶なんて汚れ仕事はしなくていいのだ。しばらく己の輝きを堪能していたが、ギルメン連中の様子を見に行くことにする。さーって、今日も仕事するかー。ドアを開け鍛冶場へ向かう。開口一番。

「グッモーニン、みんな!!」

「お、おはようございます、シーニョン様」

ああ、気持ちいい。様付けで呼ばれるのは至高の喜びだ。出世したことを再確認できる。デレートがこの喜びを感じることは一生ないんだろうな。ははは、ざまぁみろ。

「よし、モーニングミーティングを始めるぞ！　まずはギルドのフィロソフィーの復唱だ！　一、この世は人脈が全て！」

「は、はぁ……」

ギルドのメンバーどもは、全員僕の引き立て役だ。脇役……いや、モブのモブだな。僕と同じ空間にいられるだけでありがたく思え。世界は僕を中心に回っている。毎日実感するばかりだ。存在感の薄いモブどもも、僕の下で働けて幸せだろうな。

「こんにちは。突然の訪問、誠に失礼いたします」

部下たちの幸せに寄与していることを感動していると、ちょうど男の客がやってきた。しかし、この辺りの住民と違い、ずいぶんと威厳のある風格だ。軍服みたいな服の上に、深い青色のマントなんかを羽織っている。おまけに、数人の護衛らしき男まで入ってきた。ギルドの中は妙な緊張感に包まれる。

「な、なんだね、君たちは。用件を言いたまえ」

「私は王宮からの使いでございまして、センジと申します。こちらにいるのは護衛です。本日は、こちらのギルドに頼みごとがありまして、王都から参りました」

「頼みごと……？」

そう言うと、男は丁寧に頭を下げた。僕はもちろんのこと、ギルドの中は驚きで包まれる。こ、こいつは使者だったのか、しかも王宮からの。頼みごとって、こんな地方に何の用だ？　まったく想像もつかず、僕の頭は混乱する。……そうか！　一瞬で明確な答えにたどり着いた。

――僕の意識の高さが評価されたのだ！

そうだ、それ以外に考えられない。世界中を探しても、僕みたいな人間は他にいないだろう。ようやく日の目を見るときがきたのだ。自分の努力が報われたことに感動していたら、使者はポツリと呟いた。

「デレート殿はいらっしゃいますか？」

「…………ん？」

こいつは何を言っているのかな？　あのクソ無能鍛冶師の名前が聞こえた気がするぞ？　いや、きっと気のせいに違いない。だってありえないだろ。なんで王宮からの使者が底辺のあいつの名前を出すのだ。僕があえてニコニコとしている間も、使者は言葉を続ける。

「王宮の情報網を全て駆使して必死に調べた結果、こちらのギルドにかの高名な鍛冶師であらせられるデレート殿がいらっしゃるとわかったのですが……ご挨拶できませんでしょうか？」

ふむ、聞き間違いじゃないようだ。徐々にイライラしてきた。

「なんであんなヤツを探しているのかなぁ？　ギルドマスターである、この僕！　に用はないか？　この、僕に！」

「ありません」

間髪入れずセンジは答えた。思わず殴りつけようとしたが、すんでのところでこらえる。仮にも王宮からの使者だ。女王陛下からの評価が悪くなったらまずい。

「ふんっ！　デレートはもういないぞ。あんな無能は追い出してやったからな」

「え！　ここにはいらっしゃらないのですか⁉　というより、追い出したとはどういうことでしょう」

「ギルドのリソースを食いつぶす挙句、僕へのリスペクトもまるで感じられないからだ。ま、当然の報いだな」

センジは呆然と突っ立っている。いや、護衛もそうだ。ど、どうした？

「そ、そんな……デレート殿がいない……？　女王陛下が認めるほどの、あんな凄腕の鍛冶師を追い出すって何やってんですか！　それでも本当にギルドマスターなんですか⁉」

「は、はぁ？」

「これは大変なことになった！」

センジたちは頭を抱えて悩みこんでいる。おいおい、どうした？　あんな底辺よりまずは僕だろ。

「あいつのことなんか放っておいて、まずはこの僕を頼りなさい」

「しかし、まずはデレート殿とお話ししたく……」

「なにぃ⁉　僕はギルドマスターだぞ！　言え！　言うんだー！」

「うわっ、やめてくださいっ！　ぐぁあ！」

「こらっ、何をする！」

センジの首を掴み激しく揺さぶる。週三で鍛えている僕の肉体を馬鹿にするな。護衛に引き剥がされはしたが、センジの持っている箱を奪うことができた。

「見せろ！　僕はギルドマスターだぞ！　デレートなんかより、僕の方が偉いんだ！」

「あっ！　そ、それは……！」

箱を開けた瞬間、目に飛び込んできたのは恐ろしいほどに美しい宝剣だった。透き通るような刀身、十字架を思わせる全体の形……過度な装飾はないものの、一目で次元が違う品だとわかる。思わず言葉を失ってしまうほどに。

【天使の宝剣：アマツルギ】
ランク：S
属性：聖
能力：天界の存在を降臨させ、その身に宿すことができる。現世と天界を繋ぐことができる至高の宝剣。

体が震える。薄汚れていたり所々刃こぼれはしているが、これほどまでに美しい剣を見たことがあろうか。名前の通り、天使が持っていてもおかしくない。

「す、すごい……まさしく人類の宝だ……」

「はぁ……あなたが無理矢理開けたから説明しますけどね。デレート殿にはこれの修理をお願いしたかったのです」

「なにぃ？　どうしてデレートなんだ」

「だって、これを造ったのはデレート殿ですから」

「……へぇぁ？」

　意味不明なことを言われ、思考が止まった。これを造ったのはデレート殿ですから……デレート殿ですから……ですから……。動かない頭にセンジの言葉が木霊する。それを打ち消すように腹の底から声を出した。

「ふざけるなあああ！　そんなはずがないだろおおお！」

「うわぁっ！　なんだ、この人！」

　デレートの造った剣に一瞬でも感動してしまったじゃないか。とんでもない屈辱で頭が沸騰しそうになる。

「そもそも、あいつがこんなの造ったところ見たことがないぞ！」

　そうだ。僕は自分の全ての仕事をあいつにやらせていたが、そんな依頼はなかった。というより、デレートのクソ野郎にこんな剣が造れるわけもない。でたらめだ。

「まぁ、事の経緯が複雑なのは確かですけどね。この剣は進化してこの姿になったのですから」

　センジはまた意味のわからないことをのたまう。

「お前はこの僕を馬鹿にしているのか？」

「馬鹿になんかしてませんよ。本当に進化した剣なんです」

　そのまま、事の経緯を説明される。当初は剣マニアの地方貴族が依頼した、ちょっとした装飾用の剣だったらしい。しかし、毎日可愛がっていたら徐々に形が変化。いつしかこのような剣になった。怖くなった貴族は国に献上し、見事国宝と認められる……。ふざけるな！　しかも、話を聞いている限り、僕がバケーションに行っていたときの出来事らしい。

「調べに調べた結果、この剣の製作者がデレート殿とわかりました。女王陛下もすぐに探し出せとのご命令ですので、修理がてら王都へ来ていただこうと思っていたのです」

もうダメだ、我慢ならん。センジから【アマツルギ】を奪い鍛冶場へ向かう。

「僕が直してやるよ！　ああ、やってやるよ！」

「あっ、ちょっ、返してください！」

「うるさい！　僕はギルドマスターだ！　これくらいすぐに直してやる！」

デレートに見下された気分で、すこぶる不愉快だ。このまま引き下がれるか。

「待ってくださいよ。デレート殿以外に直せるわけないじゃないですか」

すがりつくセンジ。クソ、面倒だな。

「考えてみたまえ。ギルドマスターは一番うまい鍛冶師がなる。デレートと同じか、それ以上の腕は保証されているのさ」

「言われてみれば……」

ケッ、馬鹿が。口の上手さで僕に勝てると思うな。

「じゃあ、すぐに直すからそこで待ってろ」

「くれぐれも扱いには注意してくださいね。元々、この剣は装飾用として依頼されたこともあり、それほど丈夫には造られていないようです。持ち主の貴族は、振り回して遊んでいたら別の丈夫な剣に思いっきりぶつけ、そのときに刃こぼれしてしまった……と言っていました」

「馬鹿にするな、僕は優秀な鍛冶師だぞ。女王陛下には、リーテンの偉大な鍛冶師シーニョンが直したと伝えておけ」

鍛冶場に行き、他の鍛冶師どもを追い出す。ドカッと作業台に座った。

「ふんっ、刃こぼれなんか砥石で研げば直るだろ」

砥石の上に【アマツルギ】をセットする。生まれてこの方、剣を研いだことなどない。だが、僕はずっとギルメンどもの仕事ぶりを見ていたからな。やり方は完璧にわかる。僕の素晴らしい観察眼は、見ただけであらゆる技術をマスターしてしまうのだ。

自信満々で思いっきり力を込めたら、【アマツルギ】はバキンと折れた。そう、気持ちいいほどにバキンと。

心臓が凍り付いた。

「は？　なに折れてんだよ‼」

こ、国宝の剣を折るなんて、とんでもない大罪だ。ど、どうする、どうする。いや、落ち着け、大丈夫だ。デレートにやらせよう。

「おい、デレート！　さっさと来い！　どこにいるんだ！　早くソリューションしろ！」

怒鳴り声を上げるが、あいつがやってくる気配はない。あのノロマが！　何してやがる！　クソッ、めんどくせえな！　探しに行こうと立ち上がったとき、僕は気づいた。

——あいつ……もういないじゃん。

つい先日、追放したばかりだ。それどころか、どこに行ったのかもわからない。

「すみませーん、大きな音がしましたけど大丈夫ですかー？」

部屋の外からはセンジの声が聞こえる。目の前には真っ二つに折れた国宝の剣。……まずい、まずい、まずい！　剣が折れた。しかもただの剣じゃない。国宝だ。明鏡止水の心を持っている僕でもさすがに焦りが止まらない。

「シーニョンさ～ん？　どうしたんですか～？　まさか折ってませんよね～？」

「お、折ってなどない！　まだ作業中なんだ！　静かにしたまえ！」

とりあえず返事をして時間を稼ぐ。デレートのせいでとんでもない目に遭った。あいつが適当な剣を造ったせいだ。許せない。あいつにはいずれ復讐するとして、今はこの状況をなんとかしないとヤバい。

「落ち着け、落ち着けっ。こういうときは冷静に対処法を考えるんだ」

静かに深呼吸を繰り返して心を鎮める。気持ちを整えていると、徐々に頭が冴《さ》えてきた。……そうだ。

「接着液でくっつけよう」

シーニョン流深呼吸により、天才的なアイデアが閃《ひらめ》いた。折れたなら接着すればいい。単純なことだ。たしか、やたらとくっつく液体があったはずだ。引き出しをひっくり返していると、目当てのアイテムを見つけた。


【テンポラリー接着液】

ランク：C
属性：無
説明：粘り気があるモンスターの体液を混ぜて作った液体。木材や金属など、ほとんどの物を接着できる。ただし強度は低く、仮止めとしての用途が主。

「これだ！」

こいつさえあれば修理も簡単だ。断面に【接着液】を塗り、グッと押し付ける。漏れ出たところは乾く前に拭き取った。ついでに表面も磨いておくか。タオルで拭いたら汚れもなくなり、案外キレイになった。これなら誤魔化せそうだぞ。せっかく接着したところが折れないよう、【アマツルギ】を慎重に持ち上げる。そのまま、センジたちの下へ運んで行った。

「待たせたな。リペアが終わったぞ」

「ずいぶんとお早いですね！　さすがはギルドマスターだ」

センジは喜んで受け取ろうとする。慌てて拒否して【アマツルギ】を守る。

「これはまだデリケートな状態なんだ。そんな乱暴に触ろうとするんじゃない」

「あ、いや、しかし……一応状態をチェックしませんと……」

「僕を疑っていると言うのかね⁉　ギルドマスターのこの僕を！」

「ですから、そういうわけではなくて……」

あまり見られたくないのに、センジはしつこく確認しようとしてくる。こんな風に押し問答をしていたら、ちょっとした衝撃で折れてしまうかもしれない。……仕方がない。怪しまれないように少しだけ見せてやることにした。

「どうだ、キレイになっているだろう」

「確かに……」

センジからやや離した状態で見せつける。修理してないのに気づかれると面倒だからな。

「でも、まだ刃こぼれしているような」

「そんなのはただの幻覚だ。君の瞳はイリュージョンに囚われている。エビデンスのないことを言うんじゃない」

「は、はぁ……言ってる意味がよくわかりませんが……」

センジを言いくるめながら【アマツルギ】を箱に戻す。しまってしまえばこっちのもんだ。王都までは絶対に開けるな、とでも言っておけばいい。もし折れたら、運搬にミスがあったと主張してやれ。

そう思いつつもしっかり気を付けてたのに、コツンと机に当たってしまった。ヤバイ！……と思ったが、【アマツルギ】に異変はない。驚かすんじゃないよ、まったく。やがて、箱の真上に来た。あと少しだぞ、頑張れ！　そう力強く念じた瞬間、【アマツルギ】はパキンと折れた。

それはもう至極あっさりと。

「「え……」」

唖然とした表情のセンジ及び護衛、ギルメンども、そして真っ二つに折れている国宝の剣。

「シ、シーニョンさん？　直してくれたんじゃなかったんですか？」

「あ、いや、その……」

ギルドの空気が少しずつ張り詰める。こ、これはまずい。流れを変えるように、僕はとっさに明るく言った。

「お、おかしいなぁ。キチンとリペアしたはずなんだがねぇ。ま、まぁ、この際だからセパレート式の剣としてはどうかね？」

我ながら良いアイデアだ。折れているのなら、いっそのことそういう剣にしてしまえばいい。そうすれば修理する必要もないではないか。まさしくミラクルアイデア。センジは下を向いて震えている。僕のアイデアに感動しているようだ。

「……なぁにしてくれてんだ、オラァ！　この無能ギルドマスターがぁ！」

「こ、こらっ、何をする！」

いきなり、センジは激しく掴みかかってきた。僕の高級な服がしわくちゃになる。

「なに折ってんだよおお！　直すって言っただろうがああ！」

「だ、だから、これは不慮の事故なんだ！　ちょっとしたアクシデントだよ！」

「ああああああ！　やっぱり、頼まなきゃ良かったあああ！」

センジは頭を抱えてうずくまっている。おい、失礼だろ。なに考えてるんだ。

「シーニョン！　貴様を逮捕する！」

「ぬわにぃ⁉」

今日一番理解できないセリフを放たれた。

「ぼ、僕を逮捕だと⁉　なぜだ⁉」

「なぜって、国宝を壊したからだよ！　お前たち、こいつを捕まえろ！　王都に連行するんだ！」

「「はっ！」」

屈強な護衛たちが僕を捕まえる。すごい力だ。

「や、やめろ！　離せ！」

「「おとなしくしろ！　エセマスターが！」」

護衛に連れられ、ギルドの外に連れて行かれる。ギルド前には馬車が止まっており、無理矢理押し込められた。わけもわからぬまま、馬車は発進する。ガタガタ激しく揺られながら、どうしてこうなったのか必死に考えた。いや、一つだけ明らかなことがある。

――……全てはデレートのせいだ。

そうだ、そうに違いない。あいつがいなければ、こんなことにはならなかった。そう確信した瞬間、心の底から怒りが湧き上がってくる。この僕を誤認逮捕させた罪は重い。デレートめ！　絶対に復讐してやるぞ！

追放されたおっさん鍛冶師、なぜか伝説の大名工になる

～昔おもちゃの武器を造ってあげた子供たちが全員英雄になっていた～

第二章　国軍の本拠地にて

「さあ、先生。グロッサ軍の本拠地はもうじきですよ」

「そうか。忙しいだろうに道案内すまんな」

「いえいえ」

　その後、俺はミリタルに連れられ細い裏路地を歩いていた。なんでも近道のようだ。俺の前を歩くミリタルは歴戦の勇者の如きオーラを放っている。いつの間にか、こんなに立派になってしまって……。親でも何でもないのにうるっときていたら、あっ！　とミリタルが叫んだ。

「先生、連れ回してしまっていますが、ご予定は大丈夫ですか？　すみません、勝手に話を進めてしまいました」

　なんだ、そんなことを心配してくれていたのか。そういう気遣いが行き届いているところは昔から変わらないな。

「ああ、別に気にしなくていいよ。予定なんかないさ。むしろ、何しようか困っていたところだよ」

「そうでしたか。それなら良かったです。王都には観光でいらしたんですか？」

「うん、ギルドを追放されてね」

「え！　追放されたのですか⁉」

ミリタルは聞いたことがないくらいの大声を出した。そ、そんなに驚くことかな。事の経緯を簡単に説明する。

「……まさか、先生のような有能な鍛冶師を追放するなんて……。そのギルドマスターはまさしく無能の極みですね」

しばらく、ミリタルはぷんぷんっと怒っていた。無職という言葉は出さずに、どうにか誤魔化せたと思う。歩きながら、以前より疑問に感じていたことを聞く。

「そういえば、ミリタルはなんで俺のことを先生って呼んでくれるの？」

「もしかして……ご迷惑でしたでしょうか？」

振り向いたミリタルは逆光に照らされ、女神のように凛とした佇《たたず》まいだった。

「い、いや、迷惑って話じゃなくて。俺みたいなしがないおっさんを、どうして先生って呼んでくれるのかなぁ……と」

「それはもちろん、先生が私に色々教えてくれたからですよ」

「色々……」

なんかその言い方だと誤解が生まれそうなのだが。

「両親が仕事でいつもいない私に、先生は勉強を見てくれたり、簡単な料理を作ってくれたり、勇気の大切さを伝えてくれたり……生きていく上で大切なことをいくつも教えてくださいました」

「そうだったっけ？　ただ遊んでただけなような気がするけど」

「昔から先生は、自分の功績に対して謙遜しすぎですよ。慎み深いのは立派ですが」

たしかに、勉強やら料理やらを一緒にやっていたような。俺も独り身だったからな。仕事が終わると暇だったのだ。

十五年前の記憶を思い出す。近所の子どもたちはミリタル以外に何人くらいいたっけな。……三人……いや、五人……？　四十歳という錆びついた頭では、ぼやぼやの光景しか思い出せない。

「他の子たちは今頃どうしているだろうな」

「私以外の話はしなくていいでしょうに……あっ、先生。本拠地が見えてきましたよ。さっそく中に入りましょう」

彼女が何やら小声で呟くと、いくつも並んだ兵舎が現れた。

「ここがグロッサ軍の本拠地か。すげぇ、めっちゃ広い」

濃いグレーの三角屋根に茶色いレンガの壁。ミリタルに連れられ歩を進める。そこかしこを武装した兵士たちが行きかい、ミリタルを見ると立ち止まって敬礼していた。片やミリタルは立ち止まることもなく、さらりと手を挙げて応えている。

「やっぱり軍団長って偉いんだな」

「もっと楽に接していい、とは言っているんですが……。兵士たちはやや礼儀正しすぎるところがあります」

「お、俺も敬礼した方がいいのかな。普通に素通りしちゃったよ」

「先生はそんなことしなくていいですよ」

敷地の中央には大きな広場が見える。数十人の兵士がいくつかのグループを作り、木刀で互いに戦っていた。訓練場かな、稽古でもしているんだろう。男女入り混じっており活気があふれている。ぼんやり眺めていたら、グループにも違いがあることに気づいた。動きが洗練されていて主に試合形式で訓練している集団、乱戦をしている兵士たち、そして素振りを重点的に行っている一団などがある。

「グループで訓練の内容が違うんだね」

「ええ、剣術の習熟度によりビギナー・ミドル・エキスパートとランク分けされています。グロッサ軍には〝門を叩く者は拒まない〟といった精神がありますので、初心者でも受け入れているのです」

「へぇ〜」

俺があの中にいたら一瞬で怪我しそうだな。心の中でああだこうだ感想を言っていると、一つの兵舎の前に着いていた。周りの建物より一回り大きく、ここだけドアの上に槌のプレートが掲げてある。ミリタルがガチャリとドアを開けた。

「ここがグロッサ軍の鍛冶施設です。新しい武装を造ったり、修理する場となっています」

「おお……さすがは国軍直属の鍛冶場だな。武器がたくさんある」

リーテンのギルドもそこそこ大きかったが、その二倍はありそうな空間だ。壁には剣や斧、槍などの武器が下げられ、隅には鎧なども置かれていた。奥には火床があるので、鍛冶場と武器置き場の兼用っぽいな。

「失礼するぞ」

「「……軍団長閣下！　礼っ！」」

中には兵士たちが十数人いたが、ミリタルを見るや否やいっせいに整列した。一分の隙もなく美しい敬礼をする。俺も敬礼を返そうとしたが恥ずかしくて、中途半端に手を挙げただけになってしまった。兵士の一人がミリタルに尋ねる。

「軍団長閣下、そちらの男性は……？」

「ああ、紹介が遅れてしまったな。こちらはデレート殿。我が魔導剣、【シンマ】を製作された稀代の鍛冶師だ。さぁ先生、前に」

「は、初めまして。デレートです」

ミリタルが【シンマ】を製作……と言った瞬間、兵舎はざわめきで包まれた。兵士たちは顔を見合わせて話し合っている。

「おい、聞いたか？　【シンマ】の製作者みたいだぞ。まさか生きているうちに出会えるとは思わなかった」

「へぇ～、あんなおじさんがね～。とてもそんなすごい鍛冶師には見えないが」

「もしかして軍団長殿を騙しているんじゃないだろうか。【シンマ】に製作者の名は刻まれてないと聞く」

称賛の声と疑問の声が入り混じっている感じだ。まぁ、無理もない。こんなおっさんが軍団長の剣を造ったなど、にわかには信じられないだろう。俺だってまだ半信半疑なんだから。

「それでナナヒカリ殿はどちらにいる？　デレート殿を紹介したい」

「はい、今ちょうど我々の剣を修理されているところなのですが……少し作業したらいなくなってしまいました」

兵士がおずおずと奥の鍛冶場を見る。槌や鞴《ふいご》がぞんざいに散らばり、火床にも明かりはなく静まり返っている。主であろう鍛冶師の姿もない。彼らの怪訝《けげん》な表情からも、その男があまり歓迎されていないことがわかった。ミリタルがため息交じりに話す。

「またか……せめて仕事をきちんと終えてから外出していただきたいものだ」

「申し訳ございません、軍団長閣下。私どももそれとなくお伝えはしているのですが、聞く耳を持たれず……」

やはり立場の都合上、なかなか強くは出られないのだろう。俺も鍛冶場の近くで道具をさりげなく見たが、全然手入れされていないようだ。兵舎がやるせない空気に包まれていると、扉がバン！　と勢いよく開かれた。

「チッ、相変わらずここはむさ苦しいな」

「ナ、ナナヒカリ殿！」

入って来たのは一人の男。年は二十歳前後かな？　金髪碧眼の王子っぽい風体で、身につけている衣服も一目見て高価なものだとわかる。細かな刺繍が入ったシャツに折り目のしっかりついたズボン、磨き上げられた革靴。……作業着じゃないの？　シーニョンと同じ香りがする……いや。心の中で頭を振って考えを改める。人を見かけで判断しちゃいかん。もしかしたら、偉い人と会っていたのかもしれないぞ。ミリタルが険しい顔のまま話しかける。

「ナナヒカリ殿、今までどちらへ？　勝手に姿を消されると困ります」

「そんなカッカすんなよ。ちょっとしたデートさ。俺はモブ兵士と違ってモテるからな、ひゃはは
っ」

……やはり、ヤバい男だった。偉い人というのは俺の思い違いだったようだ。ナナヒカリはだ
るそうに鍛冶場へ行くと、ドカッと座った。兵士の一人がおずおずと近寄る。

「お忙しいところすみません……修理を依頼していたロングソードの件ですが……」

「はいはい、そんなに心配しなくてもやってるから。ほらよっ」

「うぁっ！」

ナナヒカリは落ちていた剣を拾い上げ、ポイッとぞんざいに投げつける。抜き身のまま。ええ
え、マジか。なんつー危ねー野郎だ。しかも、修理した剣を床に置くか？　いや、置かないだろ。

たったそれだけの挙動で、こいつがいかにヤバイ男かすぐにわかる。

「完璧に直してやったぞ。ありがたく受け取れ」

「あ、ありがとうございます」

兵士は沈んだ顔で剣を眺めている。ちらりとその状態が見えたがひどいもんだ。刀身は刃こぼ
れしまくっているし傷だらけ。柄《つか》には煤汚れが詰まっていて、柄の端っこは欠けている。修理ど
ころか掃除もしていないことが丸わかりだった。

「どうしたぁ？　せっかく直してやったんだからもっと喜べよ」

「あ、いや、しかし……」

兵士の右肩にドカッと手を回し、ニタニタと笑みを浮かべるナナヒカリ。だが、萎縮した兵士を見ているうちに、少しずつ凶暴な表情になった。

「おい！　この俺が直してやったのに、なにしけた面してんだ！」

ナナヒカリは左手で兵士の顔面を殴ろうとする。ダメだ、同じ鍛冶師としてもう見てられん。

「なぁ、鍛冶師ならちゃんと修理しようぜ」

気が付いたとき、俺はナナヒカリの左腕を掴んでいた。

「はぁ？　なんだよおっさん！　手ぇ離せ！」

「いや、離したらお前この人を殴るだろ」

ナナヒカリの腕は俺の手にすっぽり収まるほどの太さだ。鍛冶師なのにずいぶんと細いな、力も弱いし。彼の手にはタコなども全然ないようだ。キレイで羨ましい反面、本当に鍛冶師なのか疑問が生まれる。

「クソッ、なんだこのおっさん……！　ビクともしねぇ……！」

「殴ったりしないんなら離すよ」

「わかった！　わかったから離せ！」

力を緩めると、ナナヒカリはバッ！　と腕を振り払った。俺の握っていたところがちょっと赤くなっている。それを見つけると、ナナヒカリは恐ろしい物でも見たかのような顔になった。

「おぉい！　俺の麗しい腕が赤くなってるだろうが！　一生消えなかったらどうするんだ！　責

任とれぇ！」

「あのねぇ……」

腕を強く握ったら赤くなるのは普通だよな？　ましてや、そのうち消えるだろうし。最近の……というか、王都の若者ってこんな感じなのか？

そう思った瞬間、慌てて首を振った。いかんいかん、それは老人のセリフだ。俺はもう四十だが、まだそこまで年寄りじゃないはずだ。心の中で必死に「俺はまだ若い」と念じている間も、ナナヒカリはずっと何かを叫んでいた。

「……この赤い跡が残ったらお前を訴えてやるからな！　おい、このおっさんを追い出せ！」

「ナナヒカリ殿。まずは落ち着いてください。こちらのお方はデレート殿で、リーテンから来られた鍛冶師です」

「ぁあ？　だからなんだよ。リーテンなんてド田舎から来たおっさんに興味なんかねえな」

ナナヒカリはキレたかと思ったら、次の瞬間にはヘラヘラと締まりのない笑みを浮かべている。なんか忙しいヤツだな。

「この【シンマ】を製作された鍛冶師でいらっしゃいます」

「な……に？」

ミリタルの言葉を聞いた瞬間、ナナヒカリは真顔になった。やはり、彼女が持っている剣は有名なようだ。

「一流の鍛冶師であらせられるナナヒカリ殿なら、デレート殿との話も弾むかと思いまして」

「チッ……」

「場合によっては、専属鍛冶師を二人体制とするのもよろしいかと存じますが」

一瞬、ナナヒカリの凶暴性は鳴りを潜めたかと思ったが、すぐにまた凶悪な笑みが現れた。

「それなら、まずはおっさんの腕前ってヤツを見せてもらおうか。俺と鍛冶で勝負するんだ。負けたら田舎に帰れ、ゴミ」

「わかった。その代わり、俺が勝ったらもっと真剣に仕事へ向き合ってくれ」

「ああ、いいぜ。ただし、条件がある！」

と、ナナヒカリは人差し指を上げた。なんだ？　何やら得意気な顔をしてやがるぞ。

「お前が使っていいのは、この鍛冶場にある素材だけだ。まぁ、俺はSランクの素材を自由に使わせてもらうけどなぁ」

「「なっ……!?」」

兵舎の中にザワッとした動揺が広がる。周りの兵士たちは顔を見合わせていた。その反面、ナナヒカリは眉間に皺を寄せ、まぶたがひん曲がるほどの邪悪な笑みを浮かべている。

「おいおい、どうしたぁ？　【シンマ】の製作者様なら、どんな素材でもすんげえ剣が造れるよなぁ？」

「ふむ……」

なるほど、そういうことね。大きなハンデをつけてやろうってことか。ナナヒカリは公爵家の跡取り息子と聞いている。Sランクの素材なんていくらでも手に入るのだろう。

「というより、おっさんなんだから俺よりケーケン豊富ですよねぇ？　勉強させてくださいよぉ、先ぱぁい」

　ナナヒカリはチッチッと舌打ちしながら俺を見上げる。元々俺の方が背は高いのに、なぜかさらに姿勢を落として見てくるのだ。彼はいったい何をやっているのだろうか。疑問に感じたところで、ミリタルが俺の腕を引っ張った。そのまま、ナナヒカリから少し離れる。

「先生、すみません……。私のミスです。思ったより面倒なことになってしまいました。ここは一旦お帰りになって……」

「いや、何も問題はないよ」

　国軍の鍛冶場に来てまだ一時間も経っていないが、ナナヒカリにみんなが困っていることはよくわかった。この鍛冶勝負でナナヒカリに勝ち、彼を改心させる。俺を受け入れてくれたミリタルや、国を守ってくれている兵士たちに少しでも貢献したかった。

「あっ！　お待ちくださいっ」

　ミリタルをそっと押しのけ、ナナヒカリの下へ戻る。

「相談は終わったかぁ？　答えを聞かせろや」

「勝敗はどうやってつけるんだ？」

「おっ！　ノリいいねぇ、おっさん！」

　パチパチと大げさに拍手するナナヒカリ。周りからは兵士たちのどよめきが聞こえてきた。

「本当にこのハンデで勝負するのか？」

「素材選びの段階で大きなアドバンテージをつけられてしまったぞ」

「俺だったら遠慮しちゃうな」

みんな、俺に勝ち目などないという認識のようだ。

「先にルールを決めようか。造った剣を互いに選んだ人間に持たせて戦わせる。先に折れた方が負けだ。わかりやすいだろ？」

「ああ、それでいい」

「ただし！」

そこで、ナナヒカリはビシッ！　と人差し指を上げた。また、ただしか。今度はなんなんだ。

「お前が剣を持たせる人間も俺が指名する。コンフィにしろ。ビギナークラスに一番最近入隊した、あのひょろい女だ」

「えっ……」

うっそーん。まさかのコンフィちゃんご指名。

「まっ、俺は〝豪腕の壊し屋〟を選ばせてもらうけどなぁ。もちろん、ルールを破ったら失格だぞ」

ナナヒカリが勝ち誇った顔で諸々告げると、兵舎はかつてないどよめきで包まれる。

「勝負は五日後だ。無理そうだったら逃げてもいいぜ、おっさん」

「いや、逃げたりしないよ。〝今、やるべきことをやる〟だけさ」

兵士たちの反応から、彼が選ぶという〝豪腕の壊し屋〟はただ者じゃないとわかった。というより、きっと力が恐ろしく強いのだろう。豪腕とか言ってるし。だが、相手や条件がどうであれ、鍛冶師として淡々と仕事をこなすだけだ。

「へっ、どうだか。特別にこの鍛冶場は貸してやるよ。俺は屋敷の方で作業する。じゃあな」

そう言うと、ナナヒカリはさっさと出て行った。室内は兵士たちが相談し合う声でいっぱいだ。慌てた様子のミリタルが小声で話しかけてきた。とても心配そうな顔をしている。彼女は本当に優しいのだ。

「ほ、本当によろしいのですか、先生。いくらなんでも限られた素材しか使えないなんて……しかも、〝豪腕の壊し屋〟はかなりの怪力だと聞きます。どんな剣も力で叩き折るとか……」

「さっきも言ったが、何も問題はないさ。というより……」

「というより……？」

たった数週間槌を持っていなかっただけなのに、鍛冶師の血がもう疼《うず》いてやがる。俺はやっぱり鍛冶が好きなんだろうな。ポカンとしているミリタルへ端的に告げた。

「限られた素材で作った剣が高級素材の剣に勝つなんて……………面白いだろ？」

◆◆◆

「デレート殿、コンフィを連れてきました」

「よ、よ、よ、よろしくお願いしますっ！」

「よろしく。とんだ災難だったね……」

ナナヒカリが去ってから、コンフィちゃんが鍛冶場に呼ばれてきた。今朝ぶりの再会だ。

「さて、コンフィ。伝えた通り、デレート殿とナナヒカリ殿が鍛冶勝負をすることになった。デレート殿が造った剣を持って戦うのだ。相手は〝豪腕の壊し屋〟と聞いているが、臆せず戦ってほしい」

「は、はひっ」

ミリタルは淡々と話すが、コンフィちゃんはカチコチに固まっている。

「コ、コンフィちゃん、そんなに緊張しなくていいからね」

「きっと、私がグロッサ軍に入隊したからこんなことになってしまったんです。ご迷惑をおかけして申し訳ありません……うっうっ。自信のない自分を鍛え直したかったんですぅ……」

とうとう泣き出してしまった。もう不憫《ふびん》でしょうがない。

「大丈夫だよ。俺が絶対に負けない剣を造るから。君はただどっしりと構えていればいい」

「……デレートさまぁ」

一転して、コンフィちゃんは元気になった。両手を組んでキラキラと俺を見ている。な、なんか変なこと言ったか？　疑問に感じていたら、ミリタルが幾分か硬い声で指示を出した。

「剣の製作は私とデレート殿に任せて、他の者は訓練に戻ってくれ。コンフィも、もう戻ってよい」

「「はっ、承知しました」」

兵士たちはぞろぞろと出て行くが、コンフィちゃんだけなぜか留まっている。

「ぐ、軍団長閣下……できれば、私はもう少しこの場に……」

「早く戻りたまえ」

ミリタルに怖い声で言われ、コンフィちゃんもしょぼしょぼと出ていった。さすが軍団長。威厳があるなぁと思っていたらミリタルが告げた。

「先生、さっそく素材を集めましょうか」

「ああ、そうだな」

「ここの鍛冶場にもいくらか保管されているはずです」

奥の部屋は倉庫になっており、鉱石が棚に収められていた。左右に十個ほど保管棚が連なっているので、結構な大きさだ。

「広くて立派な倉庫じゃないか。さすがは国軍の鍛冶場」

「我々もSランクの素材を使いましょう。こちらへどうぞ」

ミリタルは通路を奥へと進む。素材はランクごとに分類され、高ランクの物ほど奥に保管されているとのことだった。

「何だか悪いな。本来なら兵士たちの武器に使われる物だろうに」

「いえいえ、気にしないでください。あの傲慢な鍛冶師気取りの青年に、先生の力を見せつけてください」

部屋の半分くらいまで来たとき、前を歩いていたミリタルがピタッと止まった。

「ん？　どうした、ミリタル？」

「せ、先生……！　大変です！　高ランクの素材が一つも残っていません！」

「なに⁉」

周囲の棚をよく見ると空っぽだった。Sランクはおろか、Cランクの素材さえ保管されていなかった。低ランクの棚は素材がいっぱいあるのに……どうして。ミリタルは硬い表情で告げる。

「ナナヒカリのことですから、ろくに管理していなかったのでしょう。勝手に持ち出していた可能性さえありますね。……申し訳ありません、入室を許可されておらず、状況を把握できておりませんでした」

「そうだったのか……まぁ、ミリタルの責任ではないさ」

おそらく、ナナヒカリは倉庫の現状を知っていたのだろう。だから、あんな条件を突き付けてきたのだ。

「ど……どうしましょう。Dランク以下の素材だけではさすがに……」

「いや、ここにある素材だけで造るよ。元々そういう条件だし、期限まで五日しかないからな。全力を出すしかないよ。さっさと素材を運んでしまおう」

ミリタルと一緒に鍛冶場へ運ぶ。

「Dランク以下だろうと、少しでも良い素材があったら良かったのですが……」

「いやいや、十分すぎるくらいだよ」

結論から言うと、種類も多くて、なかなかに状態の良い物が揃っていた。

【鉄鉱石】
ランク：D
属性：無
説明：鉄の含まれた鉱石。流通量が多く入手しやすい。

【フェイクメタル】
ランク：E
属性：無
説明：Sランク素材のフルメタルと類似した鉱石。強度が低い反面、加工しやすい。

【微サンダー魔石】
ランク：D
属性：雷
説明：わずかな雷属性の魔力を含んでいる鉱石。増幅させるには熟練の腕が必要。

【銅元石】
ランク：D

属性：無
説明：銅の純度が高い鉱石。Bランクモンスター、ブロンズドラゴンの好物でもある。

【錫不石】
ランク：D
属性：無
説明：錫が含まれた鉱石。Aランク素材のスチール鉱石とよく似ている。

素材を見ると、自然と集中力が高まる。三十年の積み重ねみたいなもんだな。どんな剣にしようか考えていたら、ミリタルが小さな声で呟いた。

「ほ、本当に大丈夫でしょうか。相手はSランク素材を使った剣ですよ、先生」

「平気だよ。Dランク以下の素材でも、武器として使われることは多々あるからな。大事なのは工夫と組み合わせさ」

アイテムのランクは質ももちろんだが、希少度の方が強く影響する。貴重な素材を多く使えば、その武器も高ランクになるだろう。でも、武器の強さはランクだけじゃ決まらない。鍛治師の腕が直結するんだ。何より……。心の中で思っていたことが、自然と口から零《こぼ》れ出た。

「しょぼい素材から良い製品を造るのが、鍛治師の腕の見せ所だからな」

「先生……かっこいいです」

集中しているので良く聞こえなかったが、ミリタルが何か言っていたような気がする。まぁ、大したことではないな。とはいえ、五日か……。調整とかを考えると、新しい素材を探したりする時間はなさそうだ。ここにある鉱石だけで造ろう。

「ミリタル、ちょっと聞きたいのだが、ここでずっと作業していて国軍の迷惑にはならないか？」

「ええ、それは大丈夫です。今のところ早急に武器の修理が必要な部隊はありませんので。兵士たちにも状況は周知してあります」

「そうだったのか。ありがとう、助かるよ。じゃあ、さっそく始めるか。引き留めて悪かったな」

設計図はすでに頭の中でできあがっている。シンプルだが剛健なロングソードを造ろう。雷属性の魔力を付与すれば切れ味も抜群だろうな。

火床に火をつけ、鍛冶場を起こす。兵舎を覆う熱気に包まれると気持ちが落ち着く。温まるのを待つ間、道具や素材を整理整頓していたら、視界の隅に誰かが映った。ミリタルだ。少し離れたところで立ったまま、こちらを見ていた。

「ミリタル？　もうてっきり外に出たのかと……」

「お邪魔じゃなければ、久しぶりに先生の鍛冶仕事を少し見学させていただけませんか？」

「え？　ああ、別に構わないけど」

「良かった、ありがとうございます。時間になったら勝手に出て行きますので」

そう言って、ミリタルは隣の椅子にちょこんと座った。目を爛々《らんらん》と輝かせて俺の所作を見ている。そんなに楽しいかな。何はともあれ、火床も温まったようだしさっさと始めるか。

まずは【銅元石】と【錫不石】を別々の容器で溶かして、それぞれ九十%、十%の割合で混ぜて一つの玉にする。この配分だと強度が一段と上昇するのだ。こいつを叩いて素体を造るか。

「ミリタル、危ないからちょっと離れてくれな」

「はい」

金床の上に混ぜ合わせた鉱石を載せ、槌を振るった。カァンッ！　カァンッ！　という甲高い音が響く。やっぱり心地よい音だ。なんだか懐かしいぜ。金属が長方形になったら、中央で折り曲げる。叩いて熱して……叩いて熱して……を繰り返す。相変わらず、ミリタルは興味津々で見ていた。見ているだけじゃつまらんだろうし、何やってるかくらいは説明するか。

「こうすることで鉱石の中の不純物を除去しているんだ。金属は叩けば叩くほど強くなるからな」

「勉強になります、先生」

そういえば昔の彼女も、俺の仕事をジッと見ていた。元々、剣への興味が強いのかもしれない。

十分鍛錬できたところで次の工程に移る。【鉄鉱石】と【フェイクメタル】だ。【鉄鉱石】は硬くて良い素材だが加工しにくい。そこで、二十%ほど【フェイクメタル】を混ぜることで、強度と加工性を両立させる。こいつをさっきの合金と混ぜれば頑丈な剣になるだろう。

槌を数十分も振るっていたら、瞬く間にロングソードの素体が完成した。直線の刀身を持つ長剣。まだ研磨していないにもかかわらず、その刀身は美しい銀色に輝いていた。低ランクの素材ながら良い武器になったな。しみじみと思っていたら、ミリタルがポカンとした表情で呟いた。

「え……もうできたんですか？」

「最近鍛冶のスピードが上がってきたんだよ。まぁ、三十年もやっていれば当たり前か」

リーテンのギルドでは、とにかくシーニョンが仕事を任せてきた。定時上がりにこだわっていた俺は、一心不乱に槌を振っていたものだ。そんな毎日が、ようやく実を結んできたのかもしれなかった。だが、これから一番大事な手順を控えている。残っている【微サンダー魔石】を使って、この剣に絶大な切れ味を付与する工程だ。

「ミリタル。悪いが少しの間、一人で作業させてくれないか？　ちょっと集中したいんだ」

「ええ、もちろんです。大事な作業なんでしょう？」

「まぁ、他に比べたらな」

「では、私はその間倉庫の方にいます」

そう言って、ミリタルは席を立った。【微サンダー魔石】は刺激が加わると、内部の雷魔力が放出してしまう。だから、武器に強い雷魔力を付与するには、俺の魔力で抑え込みながら作業する必要がある。魔力の繊細な操作が大変っちゃ大変だが、俺にとってはよくあることだ。何よりも国軍のため、コンフィちゃんのため、俺は最高の剣を造らなければならない。

それが〝今、やるべきこと〟だ。道具と素材をキレイに並べ、その前で精神統一する。深呼吸を繰り返していると、徐々に気持ちの波も鎮まってきた。

「……よし」

集めた【微サンダー魔石】を一度に溶かす。放出した雷魔力で腕が傷ついた。鉱石はたくさんあるからな、その分魔力も多いのだろう。だが、そんなことはどうでもいい。自分の身体より、今は良い剣を造る方が大事だ。

魔力を操作しながら懸命に打ち続けた結果、電気をまとった剣が完成した。研磨も終了し、ロングソードはピカピカに磨き上げられている。我ながら上出来の剣だ。

「おおお、できたぞっ」

背中をグーッと伸ばすと、体中の骨がポキポキ鳴った。腕や足の筋肉も痛い。四十のおっさんにはきつかったか？　老いを実感しつつも、心の中は良い品ができた充実感であふれていた。これが鍛冶師の醍醐味だな。身体を動かしていたら、倉庫のドアがそっと開けられた。ミリタルが静かに顔を出している。

「せ、先生……？」

「おっ、ミリタルか。ちょうど剣が完成したところだぞ」

「本当ですか⁉　おめでとうございます！」

ミリタルは嬉しそうにタタッと駆け寄ってきた。案外早くできたし、調整の時間も十分に取れそうだ。ミリタルは剣を見ると、何やら緊張した様子で呟く。

「あ、あの、先生……すごい剣を造られたんですね。さすがです……」

「え？」

彼女に言われ、改めてロングソードを見る。刀身からは常にバチッと電気が迸《ほとばし》っていた。それだけでなく、俺たちの髪は先っぽがザワザワと逆立ち、腕や顔の肌がチクチク痛い。まるで雷が落ちる前触れのようだ。……んん？　なんだこれ？

【雷帝の斬悪剣：カミナ】
ランク：S
属性：雷
能力：豊富な雷属性の魔力が宿ったロングソード。斬られたことに気づかないほどの、並外れた切れ味を誇る。

「……Sランク？　思ったより高ランクなんだが」

「先生、本気を出しすぎでは……？」

「う、うん、ちょっと真剣になりすぎたかも……」

Dランク以下の素材から、バリバリにSランクの剣ができちゃった。俺たちはしばしの間見とれていたが、ミリタルがハッと呟いた。

「先生、こうしちゃいられません。さっそく、コンフィの訓練を始めましょう。少しでも先生の剣に慣れさせないと」

「そ、そうだな。武器の調整もあるし」

刀身に触れるとヤバそうなので、注意しながら近くにあったケースにしまう。緊張しつつも、ミリタルと一緒に訓練場へと足を運んだ。

「皆の者、一度手を止めて聞いてくれ。鍛治勝負で使われる剣の製作が完了した。コンフィはこちらに来るように」

ミリタルの言葉を聞くと、兵士たちはすぐに訓練を中止した。ざわめきの中からコンフィちゃんが走ってくる。

「軍団長閣下、デレートさま。もう剣が完成したのですか？」

「ああ、そうなんだよ。思いの外《ほか》早くできてね。これが俺の造った剣、【カミナ】さ」

「「……っ⁉」」

【カミナ】をケースから出した瞬間、辺りは静まり返った。みな、一様に俺の剣を見ている。

「エ、Sランクの剣じゃないか。Dランク以下の素材から造ったというのか？　……ありえない」

「あんな剣見たことないぞ。魔力を込める前から雷属性の力が迸るなんて」

「ここまで離れていても余波を感じる……すごい剣だ」

兵士たちのゴクリ……と唾を飲む音が聞こえる。一瞬にして、訓練場は緊迫感に包まれた。顔にはピシピシと雷の迸りを感じる。あ、あの～、俺も緊張してきたんですけど……。コンフィちゃんに至っては、声が裏返っていた。

「わ、私がこの剣を使って良いのですかっ」

「デレート殿は誠心誠意、まさしく全力で打ってくださった。その気持ちに応えられるよう、精一杯努力しなさい」

「はひっ！」

「危ないから気をつけてね」

コンフィちゃんにそっと【カミナ】を渡す。彼女は感動した様子で受け取ってくれた。

「ああ……なんて美しい剣なのでしょう。デレートさまの打った剣が使えるなんて、これ以上ないほど幸せです」

「それなら良かった。練習も頑張ってね」

彼女はうっとりしているけど、ミリタルの厳しい視線に気づいているのだろうか。

「コンフィの訓練は私が受け持つ。ビシバシ指導するからそのつもりでいなさい」

「……はぃ」

軍人モードになったミリタルが冷たく告げる。俺は鍛冶師だから、剣の調整くらいしかできないんだ。頑張れ、コンフィちゃん！

間章　惨めに逃げ帰りな、おっさん(Side:ナナヒカリ)

「ったくよぉ！　なんてことをしてくれたんだ！　クソおっさんが！　……おい、腕の状態はどうなっている！」

「で、ですから、ジッとしていてくださいと……」

「ぁあ!?」

「な、なんでもございません。申し訳ございません」

屋敷に着いた俺は、すぐに専属医術師の治療を受けていた。無論、デレートとかいうクソおっさんに折られそうになった腕だ。俺でなきゃ死んでたね。あいつのせいで赤くなった腕も、俺の身体の類《たぐ》いまれなる治癒力によってどうにか元通りになっている。

「やはり……お怪我はされていませんね。骨はもちろんのこと、筋肉にも皮ふにも問題はありません。健康そのものでございます」

「だから、何度も言わせるな！　あいつを訴える証拠を見つけろって言ってんだよ！」

「そ、そんな無茶な……」

俺を殺そうとしたあいつは絶対に許せない。何が何でも復讐してやるつもりだ。しかし、この無能の医術師は証拠がない、などと抜かしている。

「証拠が見つからないのなら、お前を先に訴えるぞ！」

「も、申し訳ございませんでした、ナナヒカリ様！　どうかそれだけは……がはっ！　ひいい、お助けを……！」

壁に飾ってあった棍棒のレプリカで医術師を殴りつける。チッ、本物じゃないのが残念だぜ。ボロボロになった医術師は脱兎のごとく逃げて行った。

「さーって、さっそく始めるかぁ」

医術師が消えたら、パチン！　と指を鳴らして召使いどもを呼ぶ。

「「お呼びでしょうか、ナナヒカリ様」」

「おい、国内大手の鍛冶ギルドに一流の剣を造らせろ。屋敷にあるSランク素材を使ってな」

「「承知しました。直ちに手配いたします」」

命じると使用人どもは慌ただしく動き始める。フェルグラウンド家の跡取りである俺が剣など造るわけない。槌なんか握るものか。国宝級の腕が汚れるだろ。だから外注するのだ。とはいえ……まぁ、素材くらいは選んでやるか。

「ちょっと待て。素材は一度ここに持ってこい。俺が厳選してやる」

使用人どもは、フェルグラウンド家の貴重な品々を持ってくる。どれもこれも王宮の金庫に保管されていてもおかしくないアイテムだ。その中でも特に、選りすぐりの素材を選び抜いた。

【フルメタル】
ランク：S

属性：無
説明：最高純度の頑強な鉄を含んだ鉱石。これが採れる鉱山は世界中で三箇所しかない。

【雷神石】
ランク：S
属性：雷
説明：砕くと落雷のような音が聞こえるほど、豊富な雷属性の魔力が込められている。

【アースドラゴンの逆鱗】
ランク：S
属性：土
説明：大地の主と言われるアースドラゴンの逆鱗。これが混ぜ合わされた得物は、あらゆる防具を一閃の下に斬り伏せる。

【プラチナ剛】
ランク：S
属性：無
説明：魔族領との国境にある酸の海に一週間沈めても溶けない金属。世界一の耐腐食性を持つ。

【永炎煌石】
ランク：S
属性：炎
説明：この石同士を叩き合わせてつけた火は、千年間消えなかった逸話を持つ。

よし、こんなもんでいいだろう。これだけあれば最高品質の武器ができあがるはずだ。

「「ナナヒカリ様、こちらでよろしいでしょうか……？」」

「さっさと手配しろってんだよ！　Sランクの剣を造らせろ！」

「「しょ、承知いたしましたっ！」」

使用人どもは怒鳴りつけられると、ようやく素材を運び出した。やれやれ、使えないヤツらだ。

しかし、デレートとか言うクソジジイに負ける気はしないね。あいつが使えるのはDランク以下の素材だけ。片や、こっちは全てSランク。俺が勝つのは決定事項だな。

――勝負は始まる前から勝敗をつけておくもの。

まったく、自分の策士っぷりが怖いぜ。っと、そうだ。

「おい、エージェン！」

「お呼びですか、ナナヒカリ様」

呼んだのはエージェン。つい最近、屋敷に入ってきたメイドだ。黒髪を後ろで団子のようにまとめ、カラスのように黒い瞳をしている。美人なことは美人なのだが、どんなときも感情が見えない。そう、まるで人形のように。その薄気味悪さから、俺は深く関わらないようにしていた。

まぁ、有能なので便利ではある。

「あの壊し屋を連れてこい」

「承知いたしました」

エージェンに連れられ、オールバックの大柄な男が部屋に入ってきた。腰には金属の太い棒を携え、右目の辺りには大きな火傷跡がある。上半身も下半身も筋肉がせり上がっており、特徴的なシルエットを作っていた。

〝豪腕の壊し屋〟デトロイス。その類いまれな怪力で名を馳《は》せた元Aランク冒険者だ。今は傭兵をやったり、地下格闘技で暴れているらしい。俺に逆らう兵士がいたら、こいつに殴らせようと思い雇っていた。

「ククク……お呼びですかい、ご主人様」

「だから、その笑い方はやめろと言っているだろ。小物臭がすごいぞ」

鍛冶勝負のことを伝える。

「……というわけだ。お前にはSランクの剣を造らせるが、絶対に手を抜くんじゃねえぞ」

「へいへい、安心してくださいよぉ。どんな剣だろうと俺がへし折ってやりますから……こんな風にねぇ！」

デトロイスは腰に下げていた金属棒を持つと、一瞬でぐにゃりと曲げてしまった。ガランと床に投げ捨てる。これだけの怪力があれば、あいつが造った剣など勝負にならないだろうな。

「期待しているぞ」

「むしろ、今から楽しみですよ……ククク」

含み笑いを残し、デトロイスは出て行った。

「エージェン。わかっていると思うが、このことは父上と母上には言うなよ」

「もちろんでございます」

父上と母上は外国へ行っており、ちょうど屋敷にいない。素材を使ったことやデトロイスのことがバレるとまずいので、念のため口止めしておく。これでもう安心だ。

その後、鍛冶ギルドから何かの手紙が送られてきたが、面倒なので読まずに捨てた。


五日後、造らせた剣が届いた。頼んだのはグロッサ王国でも一、二、を争う鍛冶ギルドだ。きっと、世界一の名剣ができているだろう。律儀なことに、ギルドマスターが運んできた。まぁ、あれだけ高価な素材を渡してやったからな。当然の対応とも言える。

「おい、ギリギリまで待ってやったんだ。良い剣ができているだろうな？」

「え、ええ、それはもう……」

だが、予想に反してギルドマスターは歯切れが悪い。なんだ？

「さっさと見せろ」

「は、はい……」

ギルドマスターは震える手で箱を開けた。中から現れたのは国宝に認定されてもおかしくないほどの大名刀。

【ソリッドソード】
ランク：A
属性：無
能力：頑丈な剣。一般的なモンスターなら力負けしない。

ではなかった。

「……は？　なんだよ、これ……」

箱から出されたのはAランクの剣。何の属性すらない。下手したら、そこら辺の店で売っているような代物だ。

「なんでAランクの剣なんだ！　属性すらないじゃねえか！」

「期間が足らず、これで精一杯でした……」

「精一杯でした、じゃねえよ！　ふざけんな！」

「す、すみませんっ！　Sランクの素材は加工も非常に難しく……すぐにお手紙をお出ししたと思いますが……」

手紙？　ああ、俺が破り捨てたヤツか。

「知るかそんなの！　やれと言ったらやりやがれ！」

「ぐあああああっ！」

蹴って殴って滅多打ちにする。ボロボロになったギルドマスターは、惨めに横たわっていた。

「チッ、さっさと出て行け。無能がよ」

「お、お待ちください」

自室に戻ろうとしたら、ギルドマスターが俺の足首を掴んできやがった。なんだこいつは。

「離せよ、汚ねぇだろうが。まだ痛い目に遭いたいのか？」

「ナ、ナナヒカリ様……お代の方をいただいていないのですが……」

「お代……？　なんだそれ」

「え……あ、あの、もちろん【ソリッドソード】の代金のことでして……」

ギルドマスターはおずおずと口にする。代金……？　調子に乗るんじゃねえぞ。

「依頼を達成してないのに払うわけないだろ！　そんなに金が欲しいならお前の命で払ってやるよ！」

「うわぁっ！　なんて危ない人だ！　も、もう二度と依頼を受けないぞ！」

【ソリッドソード】を振り回していると、ギルドマスターは大慌てで逃げて行った。ったく、苦労をかけさせるんじゃねえよ。しかし、困ったな。計画が大きくずれてしまった。

「ククク……どうしたんですかい、ご主人様」

悩んでいたら、デトロイスがやってきた。

「無能なギルドマスターがAランクの剣を寄越しやがったんだよ。クソッ、Sランクの素材を渡したのによ」

「なんだ、そんなことですかい。ま、安心してくだせえや。俺の怪力の前なら、ランクなんて関係ねえんですから」

デトロイスは、ぎゃははははと笑っている。

小物臭がすごい男だ。それはそうとして、たしかに剣のランクなど気にする必要はないな。そもそも、あいつはDランク以下の素材しか使えないんだ。ろくな剣が造れるはずもない。

勝利が決定している勝負なんて、楽しくて仕方ないなぁ、ひゃはははっ。

追放されたおっさん鍛冶師、なぜか伝説の大名工になる
～昔おもちゃの武器を造ってあげた子供たちが全員英雄になっていた～

第三章　鍛冶勝負

「では、お二人とも準備はよろしいですか？」

訓練場に兵士の声が響く。【カミナ】の調整とコンフィちゃんの訓練を見学していると、五日間なんてあっという間だった。周囲には兵士たちが結構集まっている。ミリタルはちょうど真ん中のところで俺たちを見ていた。

「ああ、今行くよ。行こうか、コンフィちゃん」

「はぃっ！　よろしくお願いしますっ」

審判役の兵士に答え、【カミナ】を箱にしまって移動する。隣にいるコンフィちゃんは疲れた様子はあるものの、初対面より顔がキリッとしていた。ミリタルの熱烈なマンツーマン指導を受けた結果のようだ。正面からは、ナナヒカリがメイドさんとともに歩いてくる。そして、彼らの後ろには大柄な男がいた。その男を見ながら兵士たちがどよめく。

「お、おい、〝豪腕の壊し屋〟デトロイスだぞ。今はナナヒカリ殿のところにいたのか」

「相変わらず、すごい筋肉だな。地下格闘技で百勝を上げたなんてウワサもある」

「あいつに半殺しにされたヤツを腐るほど知ってるよ」

〝豪腕の壊し屋〟デトロイス……か。たしかに力が強そうだ。顔には大きな火傷の跡も刻まれている。それなりの修羅場をかいくぐってきたことが、彼をまとうオーラからわかった。ナナヒカリがドヤ顔で話す。

「よぉ、おっさん。逃げなかったことだけは評価してやるよ」

「五日ぶりだな」

「つうか、なんだよ、その格好。汚ねえなぁ。臭いがうつると最悪だから、これ以上近づくなよ」

ナナヒカリは初めて会ったときと同じように、煌びやかな服に身を包んでいた。なんというか、こう……パーティーに出るときみたいな格好だ。

「わかってると思うが、この勝負に負けたらもっと真剣に仕事に打ち込めよ」

「ったく、うるせえなぁ。俺が負けるなんてありえねーっての。おい、さっさと剣を出せ」

ナナヒカリはメイドさんに箱を開けさせた。そこから出てくるのはとんでもなく優れた名剣。

……のはずなのだが……。

【ソリッドソード】
ランク：A
属性：無
能力：頑丈な剣。一般的なモンスターなら力負けしない。

あれ？　Aランク？　Sランクの素材を使うんじゃなかったのか？　てっきり天下の大名刀ク

ラスの武器かと思っていたが。予想と違って、なんだか拍子抜けしてしまった。

「見とれてないで、お前の剣もさっさと出せや」

「あ、ああ、そうだな」

箱を地面に置き、【カミナ】をそっと取り出す。刀身に触れるとヤバそうなので、とにかく慎重にだ。【カミナ】を見た瞬間、ナナヒカリ一同の表情がこわばった。

「なっ……なんだよ、その剣は」

「言われた通り、鍛冶場にある素材だけで造ったぞ。文句はないはずだ」

「っ……！」

ナナヒカリはしばらく悔しそうな顔をしていたが、やがて気を取り直したように言った。

「へっ、ど、どうせ見かけ倒しだろ。こんなおっさんにSランクの剣なんて造れるわけがねえからな」

軽口を叩いているが、その顔には冷や汗が伝っていた。

「では、互いに剣を装備してください」

兵士の言葉で、俺はコンフィちゃんに、ナナヒカリはデトロイスに剣を持たせる。訓練場には長方形の印がつけられており、彼女らはその中で戦うことになっていた。ナナヒカリ曰《いわ》く、四角から出ても失格負けとのことだ。

「コンフィちゃん、ミリタルの訓練を思い出すんだ」

「はいっ！」

ミリタルは戦場でデトロイスの戦いぶりを見たことがあったらしい。それはまさしく力任せ。剣術など微塵も感じさせず、ただただ力で押すだけ。だから、刀身を折られないよう刃で受ける訓練を積んでいた。五日間で剣術の著しい上達は現実的ではないので、【カミナ】の切れ味で勝負する算段だ。まぁ、側面を狙われたところで問題ないように造ってはあるが。

デトロイスはというと、コンフィちゃんを見ると完全に見下していた。

「ククク……まさか、こんな小娘が相手とはなぁ」

「デレートさまのためにも、私は絶対あなたに勝ちます！」

あのコンフィちゃんが立派になって……。成長が嬉しくて、ちょっとほろりとしちゃった。年を取ると涙腺が緩くなっていかんな。

「始めっ！」

兵士の合図で試合が始まり、兵士たちの歓声が湧き上がった。

「怪我しても文句言うなよぉ！」

すかさず、デトロイスが右腕で【ソリッドソード】を斜めに振り下ろす。ミリタルの予想通り、斜め上から叩きつけて相手の武器を破壊するつもりだ。コンフィちゃんは素早く下がり、初撃を避けた。剣圧だけで土埃が舞い上がる。そのまま、右、左とデトロイスは力いっぱい剣を片手で振り回す。風を切り裂く重い音が訓練場を飛び交った。周りの兵士たちは心配そうに話している。

「な、なんて力で剣を振るんだ。ここまで剣圧を感じるぞ」

「コンフィのヤツ大丈夫かな……腕立て伏せもろくにできないのに」

「ダメだ……もう見てられん。スクラップにされちまうよ」

　兵士の中には神に祈りを捧げている者までいた。この攻防を見る限り、コンフィちゃんの不利は明白だ。でも、俺は彼女を信じていた。ミリタルの厳しい訓練を頑張って乗り越えたことを知っているから。

「ククク……避けるだけで精一杯かぁ！」

　デトロイスは笑いながら攻撃を続ける。大振りの攻撃が多いものの、息を切らしている様子はない。力だけじゃなく体力も十分に備わっているようだ。

　コンフィちゃんは剣の乱撃を躱《かわ》しながらも、デトロイスを真っ直ぐ見据えチャンスを窺ってい た。俺は剣術の経験などないが、激しい戦闘の動きでもどうにか目で追えている。彼女の訓練を間近で見ていたおかげだな。コンフィちゃんはデトロイスの攻撃を避けていたが、とうとう長方形の角まで追い詰められてしまった。訓練場に緊張感が張り詰める。

「大変だ、これ以上下がれないじゃないか！」

「円形なら左右に逃げられたのに。わざと四角にされたんだっ……！」

「コンフィのミンチなんて見たくないぞ！」

　兵士たちがあわあわする中、デトロイスは勝ち誇った顔でククク……と笑っていた。

「どうやら、もう逃げ場はないようだなぁ。ククク……怪我したくないだろう。降参したら勘弁してやるぞ？」

「誰が降参するものですか。力に自信があるのなら最後まで力で勝負しなさい」

コンフィちゃん、君はいつの間にそこまで気高くなったんだ。

「……言ったな、この小娘が。いいぜ、そんなにお望みなら本気でやってやるよ。後悔すんじゃねえぞ」

そう言うと、デトロイスは両手で【ソリッドソード】を握った。深呼吸を繰り返すうちに、全身の筋肉が膨れ上がっていく。その様子を見ると、今まで本気じゃなかったと言われても決して不思議じゃない。ミシミシ……という不気味な音が鳴る。〝豪腕の壊し屋〟の二つ名にふさわしい、柄が握り潰されそうなほどの怪力だった。戦闘経験のない俺でもわかる。ここが勝負の分かれ目だ。

「ぶっ壊れちまえ‼」

デトロイスは真上から剣を振り下ろす。コンフィちゃんはここぞとばかりに、【カミナ】を横にして受けた。両者の剣が、この試合で初めてまともに接する。デトロイスが勢い良く振り抜いたとき…………【ソリッドソード】の刀身はカランという軽い音をたて地面に落ちた。

「「……え？」」

訓練場は静寂に包まれる。その場にいる誰もが声も出さず、息を吸うことも忘れ佇んでいた。ただ二人、コンフィちゃんとミリタル以外は。

「な、なにが起きたんだ……？　デトロイスの剣が音もなく切り落とされた……？」

「あれはAランクの剣じゃないのか……？　なんて切れ味だ。まるで、紙を切るかのように
……」

「懸命に戦ったコンフィもすごいが、剣を造ったおっさんもすげえ！　あのおっさんすげえよ！」

どっ！　と兵士たちは歓声を上げた。訓練場はコンフィちゃんと俺を称える声で包まれる。

……のだが、一番驚いていたのは俺だ。いくら切れ味が鋭いからと言って、Aランクの剣をあんな簡単に切ってしまうなんて。【カミナ】は想像以上にとんでもない剣のようだ。さて、剣はもうしまっておくか。一応、審判に確認してからな。

「すまない、剣を回収してもいいか？　誰かが怪我するとまずいから」

「……え？　は、はい、それはもちろん。……すみません、勝利宣言を忘れていました。しょ、勝者はコンフィ及びデレート殿！」

「「うおおおお！　コンフィー！　おっさーん！」」

審判の宣言を受け、観客はより一層盛り上がる。おっさんコールは解せぬが、みんな拍手で俺たちを迎えてくれた。【カミナ】を箱にしまっていると、ミリタルが駆け寄ってくる。コンフィちゃんがいるので、軍人モードで勝利を祝ってくれた。

「おめでとうございます、デレート殿！　あなたの剣なら絶対に勝つと思っていました。コンフィもよく戦ってくれた。グロッサ軍の名に恥じない、素晴らしい戦いぶりだった」

「ありがとうございます、軍団長閣下！　ですが、この勝利はデレートさまの剣のおかげです。こんなすごい剣を造ってくださって……」

「いや、一番すごいのはコンフィちゃんだよ。あんな巨漢と真正面から戦ったんだから。俺は剣を造っただけさ」

コンフィちゃんはテレテレしていたけど、兵士たちが来ると笑顔でその輪に入っていった。

勝負は終わったわけだが、ナナヒカリはどうしているんだろう。ふと、ヤツの方を見ると、デトロイスと一緒に呆然と突っ立っている。折れた剣はすでにメイドさんが回収していた。メイドさんはずっと真顔だから、もしかしたらこういうことに慣れているのかもしれない。

というか、このまま帰っていいのかな？　……いや、一応握手くらいはしておくか。ナナヒカリのことだ。挨拶もせずに帰りやがった！　訴えてやる！　とか言いそうだし。とりあえず彼の下へ近寄り、そっと右手を出した。

「い、いい勝負だったな。お前の剣もなかなか……」

「ぁあ⁉　おっさんと握手なんかしねえよっ！　俺に触んな！」

握手しようとしたが、ナナヒカリにビシッと弾かれてしまった。痛いよ……。まぁ、そんなことはどうでもいいが。

「約束通り、これからは鍛冶師の仕事に真剣に取り組んでくれ」

「う、うるせえっ！　国軍の鍛冶師なんか辞めてやるよ！　こんなしょぼい仕事やってられるか！　クソ国軍ども！　死にさらせ！　お前らを訴えてや……うごっ！」

ナナヒカリは辞職宣言をした後に何か喚いていたが、メイドさんにドカッ！　と手刀を喰らい気絶した。メイドさんは眉一つ動かさずナナヒカリを引きずっていく。デトロイスもぼんやりとその後をついて行った。

「皆さま、坊ちゃんが大変失礼いたしました。私の方からきつく言っておきますので、どうかご容赦を」

「「は、はい……」」

流れるような動作に圧倒されていたが、ミリタルが咳払いして高らかに宣言する。

「では、デレート殿をグロッサ軍の新・専属鍛冶師に任命する！」

「「おおおお！　おっさーん！」」

地鳴りのように湧く訓練場。おっさんコールには解せないわけだが、俺の心は幾分か明るい気持ちで満たされていた。

間章　後悔(Side:ナナヒカリ)

「ぐっ……ここは……」

「お目覚めでございますか、ナナヒカリ様」

気が付いたら、俺はベッドに横たわっていた。周りには見慣れた壁や天井が見える。フェルグラウンド家の屋敷だ。そして、隣にいるのはメイドのエージェン。外は暗いから、もう夜らしい。

「っ……今何時だ？」

「日の入りから二時間ほど経ちました」

気を失った後、寝てしまったようだ。知らないうちに運ばれてきたのか。エージェンの感情がない瞳を見ていると、あの出来事が鮮明に思い出された。

「よくも主人に向かって手刀なんてできたな！　この俺が覚えていないとでも思ったか！」

「あのままでは収拾がつかなかったと存じますが？」

「ぐっ……」

確かに、剣を折られて取り乱したのは事実だ。エージェンと話しているうちに、訓練場での一件も思い出す。デレートめ、あいつのせいで俺は惨めな思いをした。いくら心の広い俺でも、復讐しなければ気が済まない。

「あああ！　あのクソ野郎が！　おっさんのくせに調子に乗ってんじゃねえぞ、コラぁ！」

怒鳴りながら、部屋中の物を投げまくった。いかなる理由があろうと、この俺を辱めたことは万死に値する。ちくしょう、どうやって復讐してやろうか。そうだな……いっそのこと闇討ちでもするか？　よし、今こそあの男の出番だ。

「おい、壊し屋！　どこにいる！　これからあのおっさんに復讐するぞ！」

「ご主人様……俺はここです……」

叫んでいると、デトロイスがしょぼしょぼと部屋に入ってきた。キメにキメていた髪型もだらんとしており、〝豪腕の壊し屋〟などという二つ名は影も形もない。

「ど、どうしたんだ。そんなにやつれて」

「俺は傭兵も何もかも引退します……ようやく気がつきました。俺が強かったのは武器が強かったからだって……」

「何言ってんだ！　これから闇討ちすんだよ！」

「報酬も要りません……今はただ静かに暮らしたいです……さようなら」

ポツリと告げると、デトロイスは屋敷から立ち去ってしまった。……クソッ、役立たずのザコ傭兵が！　怒りに身を焦がしていたら、今後はエージェンが口を開いた。

「では、私はナナヒカリ様に危害を加えた責任を取り、お暇をいただきます」

「ああ、そうしろ！　さっさと出て行け、暴力メイド！　訴えないだけ感謝しやがれ！」

「承知いたしました」

いつの間にか、エージェンの足元には旅行カバンが置いてあった。ふんっ、自分が処罰されることはわかっていたらしい。その手際の良さだけは感心できるな。早く失せろ、気色悪い女め。

「ああ、それと……」

エージェンはドアの手前でピタリと止まった。

「ナナヒカリ様が許可なく屋敷の素材を使ったことは、公爵様と夫人様にお伝えしておりますのでご心配なく。無論、〝豪腕の壊し屋〟を屋敷に住まわせていたことも」

「……なに？」

父上と母上に伝えた……だと？

「言うな、って言っただろうが！」

「そうでございましょうか。では、失礼いたします」

「おい！　ちょっと待て、エージェン！」

「ナナヒカリ！　素材を使ったとはどういうことだ！」

「しかも、悪名高い傭兵を雇っていたそうですね」

エージェンと入れ替わるように、父上と母上が入ってきた。恐ろしい顔で手紙を握りしめている。あの女が送った物に違いない。

「ち、違うんです！　話を聞いてください！」

「他国へ献上する予定があるから、絶対に触るなと言っただろう！」

「フェルグラウンド家の品位を下げるつもりですか！」

「ま、まずは、話を……ぐあああ！」

袋叩きにされ、あっという間にボロボロになる。

「ち、父上……母上……お助けを……」

「貴様はもうフェルグラウンド家の一員ではない。追放だ。今すぐ屋敷を出て行くがいい」

息も絶え絶えに許しを請うが、まったく効果はなかった。それどころか、つ、追放だって？

「お、お待ちください、父上。追放なんて悪い冗談をおっしゃらないでください」

「冗談ではない。……おい、この者を王都の外にある〝タモンの森〟へ追放しろ」

「待ってください！　それだけは……！　父上ー！」

着の身着のまま、馬車へ押し込まれる。しばらく走った後、森の中へぽいと置き去りにされた。

ここは〝タモンの森〟。王都の東側に広がる深い森だ。この辺りでは珍しく、モンスターがうようよいることで知られている。

『キイエッ！　キキキ！』

『ハァ……ハァ……』

『グァグァグァ！』

そこら中から、何かが蠢《うごめ》く音が聞こえる。背中がぞわっとし、心臓が早鐘を打つ。

「な、なんだよ、あっちに行けよ！」

思いっきり怒鳴っても、不気味な音は消えない。最近は暖かくなってきたが、夜はまだまだ寒い。寒さとモンスターに襲われるんじゃないかという恐怖に体の震えが止まらない。

どうして……どうしてこうなった……。思う間もなく、これまでの記憶が蘇る。その中で、一人の男の顔がポツリと浮かんできた。稀代の鍛冶師……デレート。

――鍛冶勝負なんかせず、素直に教えを請えば良かった……。

そうすれば、今頃は温かいベッドで寝られていたのに……。笑ってしまうほど、あまりにも遅すぎる後悔だった。

◆◆◆

フェルグラウンド邸を出た一人の女は、人目につかぬよう路地裏へ入った。さらに歩を進め、表舞台の人々から完全に離れる。

エージェンは尾行されていないことを念入りに確認した後、カバンから持ち運ぶには大きめな鏡を取り出した。今はナナヒカリが評した人形のような顔しか映っていない。しかし、エージェンが魔力を込めると、徐々に不気味な黒い影が浮かび上がってきた。

『計画の方はどうだ、エージェンよ』

「……申し訳ございません。失敗いたしました」

『ふむ……詳しく話せ』

鏡に映りこんでいるのは人型の影。唯一、頭の横から生えているねじ曲がった二本の角が、その影が人外であることを示している。結論から言うと、彼女はただのメイドではなかった。魔族と唯一友好的な関係を結んでいる人間の組織……〝理《ことわり》の集い〟の一員だ。

――この世は人間ではなく魔族が支配するもの。

　そのような思想に取り憑かれた人々は、いつしか一つの集団となっていた。

「デレートという男が現れ、グロッサ軍の専属鍛冶師となってしまいました。相当な腕の鍛冶師と見受けられます」

『デレートか……聞いたことがないな』

　魔族領は人間が住んでいる大陸の侵略を企てている。そこで、〝理の集い〟はすぐに行動を始めた。

　最初の目的は、国軍の弱体化。武装の修理や製造を妨害し、強力なグロッサ軍を少しでも弱くする。大陸を隔てる酸の海を渡ると、さすがの魔族も疲弊してしまう。だから、計画が露呈しないようにグロッサ国の国力を下げることは重要な任務だ。

　愚かな跡取りをそそのかして、専属鍛冶師に就任させたまでは良かった。だが、デレートという謎の男により計画は早々に破綻した。

『侵略の準備は着々と進んでいる。絶対に失敗するな、と言ったはずだが？』

「ご心配なく……すでに別の計画も進行しております」

　エージェンはその内容を魔族に伝える。彼女の指示により、国内の同志は各地で動いていた。

『お前が魔族ならすでに死んでいるが、我々としても協力的な人間は貴重だ。よって、今一度チャンスを与える』

「はっ！　ありがたき幸せ！」

『よい成果を期待している』

鏡から黒い影は消え、エージェンの顔が映った。

——次こそはよい結果を出す。

彼女はそう強く決心し、それこそ溶けるように闇夜へと消えて行った。

◆◆◆

tsuihou sareta

OSSAN KAJISHI,

nazeka

densetsu no daimeikou ni naru

◆◆◆

第四章　女王陛下との謁見

「デレートさん、ありがとうございます！　修理していただいたおかげで、すごく使いやすくなりました」

「俺の剣も修理してください。ずっと楽しみに待っていたんです」

「おい、抜かすなよ。次は俺の番だろうが」

ナナヒカリとの勝負に勝ってから数日後。鍛冶場は武器の修理を望む兵士たちでいっぱいになっていた。あとからあとから、ひっきりなしにやってくるのだ。こいつはリーテン以上の盛況ぶりだな。

「あ、ああ、ちょっと待っててくれな。順番にやってるから」

とは言ったものの、水を飲む暇もないほどの忙しさだ。だが、休んでいるわけにはいかない。兵士たちの武器や鎧は、どれも刃こぼれが酷かったり傷も多かった。ナナヒカリはろくに直してくれなかったのだろう。

俺が造った【カミナ】は、鍛冶場の壁に展示されることになった。その周りには、連日のように若手の兵士たちが集まっている。

「なんて美しく強い剣なんだ。僕は絶対【カミナ】の使用者になるぞ。コンフィに先を越されてたまるか」

「やっぱ、【カミナ】はかっけーよな。まぁ、お前より先に俺が出世してやるんだが」

「くぅぅぅ、見ているだけでモチベがあがりまくる。早く強くなりたい」

コンフィちゃんもまた、集団の中で力強く意気込みを口にしていた。

「いえいえ、【カミナ】にふさわしいのは私です。訓練を積んで、皆さんより先に手柄を立てます。こんなに自信があるのは生まれて初めてです」

最初会ったとき、彼女は自信がないと言っていたが、今ではここにいる誰よりも自信に満ちあふれている。鍛冶勝負はコンフィちゃんの心境にも良い変化を与えたようだ。

【カミナ】はというと、S級の手柄（ミリタルと同じくらい）を立てた者に授与されると決まった。まさか、俺の剣がそんなすごい扱いをされるとはな。なかなかに感慨深い。それに、いつの間にかおっさんと呼ばれることも自然となくなった。これは良い兆候だ。

「デレートさんは仕事に真剣で本当に良いおっさんだよな。まさに鍛冶師の鑑だ」

「四十歳なんだって。俺もあんなカッコいいおっさんになりたいぜ」

「まさしく中年の希望の星だよな。これからも俺たちおっさんに希望を与え続けてほしい」

いや、なくなったのだが、そういう会話を小耳に挟むたび、俺はやっぱりおっさんなのかと寂しくなる。とても嬉しい褒め言葉ではあるが、他者からの客観的な評価は心に刺さるぜ。

そう思いながらも槌を振るっていたら、定時の時間となった。よし、今日の仕事は終わり！

俺は昔から時間に忠実だ。きっちり始めてきっちり終わる。

「さあ、みんな。今日は店じまいだ。片付けするから出て行ってくれな」

「「はい、お疲れ様です」」

兵士たちはぞろぞろと出て行く。広くなった兵舎を掃除していたら、誰かが中に入って来た。

「すまないな、今日はもう店じまいなんだ。何か修理などがあったら、また明日来てくれ。いやぁ、誠に申し訳ない」

「先生、お疲れ様です。お忙しいところ失礼します」

「あっ、ミリタルだったか」

入って来たのはミリタルだ。勝負の結果、俺が専属鍛冶師となった後も、彼女はちょくちょく様子を見に来てくれていた。

「兵士たちはみな、先生に感謝しています。お世辞にもやる気があるとは言えない者たちも、すっかり変わりました。見違えるように、訓練に取り組んでいます」

「それなら良かった。自分の造った剣を使いたいって言ってくれるのは、鍛冶師冥利《みょうり》に尽きるってもんだ」

国を守ってくれる兵士たち……特に若い人たちにそう言われるのは、素直に嬉しい。もっと鍛冶を頑張ろうと思える。

「そして、あの件については先生にご迷惑をおかけして申し訳ありません。陛下に先生の実力をお伝えしたところ、あのようなお言葉をいただいてしまい……」

「いや、いいって。その方が国軍のためになるってことだから」

彼女が言っているあの件とはあれだ。兵士たちの装備の修理や製作は、ほどほどに……と言われていた。国軍の装備は序列や部隊によってランク分けされているらしく、一般兵の装備はCランクやBランクを主体とする。全員が【カミナ】みたいな装備を持っていると、慢心してしまう恐れがあるとのことらしい。国軍はしっかりしているなぁ、と思っていたら、ミリタルがモジモジしながら呟いた。

「あの、先生……今日もまた、あの宿に泊まるのですか？」

「ああ、そのつもりだな」

「ご希望であれば、国軍で宿泊所を用意しますが」

「いや、申し訳ないからいいよ。これがまた良い宿なんだ。テルさんは毎朝わざわざ起こしに来てくれるし、シーツを毎日取り換えてくれるし、服の洗濯もしてくれるし、俺の好きな料理を何でも作ってくれるんだよ。少々贔屓《ひいき》されすぎている気もするけど」

宿はテルさんのところにお世話になっている。王都は全体的に治安も良く、国軍の本拠地にも近いからな。部屋も清潔で飯もうまい。まさしく最高の宿だ。テルさんのありがたみを感じていたら、隣からぐぎぎ……という悔しそうな音が聞こえてきた。

「あのぽっと出女のぽっとデルがぁっ！　ちゃっかり同居しやがって……許さんっ！」

「えっ……」

ミリタルは拳を握り締め、天に向かって叫ぶ。想像もつかない光景に、しばし唖然とする。淑女の代表みたいな彼女が……。驚きながら眺めていたら、ミリタルは慌てた様子で咳払いした。

「ご、ごほんっ！　何でもありません、忘れてください……あっ、そうでした！　今日は先生に大事なお話があって参りました」

「だ、大事な話？　なにかな」

ミリタルに改めて言われると緊張する。どうか大したことじゃない話であってくれ。

「陛下がお会いしたいそうです」

「ふーん、そっかぁ。女王陛下がねぇ……なにぃ⁉」

年のせいか、驚きが一瞬遅れてやってきた。想像以上にヤバい話だ。

「へ、陛下が俺に会いたい⁉　なぜ！」

「それはもちろん、この数週間の出来事によるものです。先生のおかげで国軍の弱体化の危険は防がれ、また兵士たちのモチベーションを上げることもできました。これは多大な功績とのことです」

おいおいおい、マジかよ。俺の知らないところでそんな話をしていたなんて聞いてないぞ。こんなおっさんが陛下の前に行っていいのだろうか。

「ということで、陛下の下へと参りましょう」

「え！　今から⁉」

「はい」

ミリタルは当然のように告げる。なにがどうなっているんだ。

「ま、まだ、心の準備が……身体だって汚れているし……」

「心の準備など、先生には必要ありません。お身体の汚れだって、陛下はお気にしませんよ。さぁ、私が案内しますのでついてきてください」

「そんな……」

ミリタルに手を引かれていくわけだが、俺の心は徐々に白くなっていく。自慢じゃないが、俺は小市民だ。陛下に会ったことなど一度もない。というより、この人生で会うことなどないと思っていた。まったく、俺はどうなっちまうんだ。どうしよ、どうしよと思いながらミリタルに王宮へと案内される。

十数分ほど歩くと、めっちゃ威厳がある扉の前に着いてしまった。

「準備はよろしいですか、先生？」

「あ、ああ。できれば、あと一年ほど気持ちを落ち着けたいところだが……」

「冗談を言わないでください」

扉の両脇には虚空を睨んでいる兵士が二人。一目で〝陛下の間〟だとわかる。他の扉と明らかに違うからな。というか、女王陛下ってどんな人なんだ。……ミリタルに聞いてみるか。事前情報は大事だ。

「ね、ねぇ、ミリタル。女王陛下ってどんな方なの？」

「そうですねぇ。一言でいいますと、〝有能に優しく無能に厳しい〟……です」

「……なるほど？」

なんだよそれ、こえー！　聞かなきゃ良かったわ。

「では、行きましょう、先生」

「は、はひっ」

衛兵は眉一つ動かさず扉を開ける。今気づいたが、この人たちもめっちゃ怖い。め、目だけで俺を見ている。ミリタルの後を歩き、玉座の前についたら緊張がマックスになった。

女王陛下——セレナーデ・グロッサ様が座っている。いや、当たり前なんだが。

「よく来たな、ミリタル。そして、デレート。わらわもそなたたちに出会えて喜ばしい」

「はっ！　陛下もお変わりないようで！」

「デ、デレートでございますっ！」

俺は女王陛下を初めて見たが、とんでもなく美しかった。透き通るような銀色の長い髪と眼は、それ自体が星のように輝いている。シュッとした鼻筋だって、まるで偉い精霊のようだ。プロポーションも抜群な上に、全身から威厳があふれ出ている。

「デレート、そなたの造った【カミナ】は誠に素晴らしい。わらわも深い感動を抱いた。わらわが認める、そなたは国一番の鍛冶師だ」

「あ、ありがたき幸せっ」

ま、まさか、女王陛下から褒められるとは。これはものすごいことだ……恐れ多さと嬉しさとで心がいっぱいになる。というか、俺の知らないところで、女王陛下は【カミナ】を見ていたってことだよな。なんて恐ろしいんだ。

「ナナヒカリの件もご苦労だったな。わらわも視察に出ており対応が遅れてしまったのだ」

「あ、いえ……俺は自分にできることをしただけでして……」

しかし……これは、好印象なのか？　ミリタルの〝無能に厳しい〟という言葉が脳裏にこびりついていて、少しも気が抜けない。

「そなたは【シンマ】の製作者でもあったのだな。こんな逸材を見つけられなかったとは、わらわの目も曇ったものだ」

「そ、そのようなことはないかと存じます。女王陛下のお瞳は、まったく曇りない宝石のような眼でございます」

失礼のないように……と意識しすぎて、よくわからん返答になってしまった。い、今の発言で無能になっちまっただろうか。

「ふっ、そなたは鍛冶はできても、婦人の扱いはそこまででではないようだな」

「あ、いや！　それについては本当に申し訳なく思っておりまして！」

女王陛下は笑うのだが、美しすぎて恐ろしい。

「さて、今日はそなたが造った【アマツルギ】について話がある」

なんだそれは。

「ア、【アマツルギ】……ですか？　申し訳ありません、なんの話でしょうか」

「なんの話って、そなたが造った剣ではないか」

「申し訳ございません。本当に何もわからず……」

「まさか忘れたわけではあるまい。……まぁいい。お前たち、持ってきなさい」

女王陛下が言うと、これまた聖女みたいな召使いの人たちが高そうな箱を持ってきた。静々と開けられ、見たこともない剣が出てくる。

【天使の宝剣：アマツルギ】
ランク：S
属性：聖
能力：天界の存在を降臨させ、その身に宿すことができる。現世と天界を繋ぐことができる至高の宝剣。

なんだこれは。あまりの美しさに目が眩む。まるで聖女の祈りを具現化したような剣だ。天界から持ってきたと言われてもおかしくないんじゃ……。でも、真っ二つに折れてしまっている。

「訳あって破損しているが、これは国宝に認定されている。そなたが造った剣ではないか」

「え……」

女王陛下から、この剣の経緯を聞いた。剣マニアの地方貴族が、俺の造った剣を可愛がっていたら進化したぁ？　えええ、また進化かよ。

「まさかそんなことが……」

「そなたは自覚もなしにこのような宝剣を造りおったのか！　面白い男だ！　はっはっはっはっはっ！」

女王陛下は顔を上げて高らかに笑う。しかし、次の瞬間にはおっかない真顔に戻った。

「話というのは他でもない。【アマツルギ】の破損の件だ」

「は、はぃ……」

すぐ壊れる剣を造りやがったな、ってことだろうか。どうやって弁明すればいいんだ。

「おい、あいつを連れてこい」

「承知しました」

しかし、予想に反して責められなかった。今度は筋骨隆々な人たちが、部屋の隅から誰かを抱えてやってくる。

「この愚か者が破壊したのだ。できもしないのに、ギルドマスターだからと無理やり修理を行ったようだ」

「え……？　シーニョン？」

連れられてきたのは、リーテンにいるはずの意識高い系ギルドマスターだった。いつもの意識の高さは鳴りを潜め、なんかぐったりしている。ど、どうした？　というかシーニョンが破壊したって、何があったんだ。

「このたわけは国宝を直せると嘘を吐き、わらわの使者を騙したのだ。槌を握ったことすらないのにな」

「も、申し訳ございません……女王陛……あああ！」

「謝るくらいなら初めからするな！」

シーニョンはパァン！　と鞭で叩かれる。女王陛下こえええ。そのまましばらくめった打ちにされ、シーニョンはボロボロになった。

「そこで、デレート。そなたに頼みがある」

「はっ！　何でしょうか！」

頼みと言われ、すぐさま女王陛下の前に跪《ひざまず》いた。少しでも失礼な態度をとったら命はない。

「この者をそなたの弟子としてくれないか？」

「……え？　シーニョンを弟子に……？」

マジか。予想外も甚だしい頼みごとだった。

「いかに自分が愚かな人生を送ってきたか、鍛冶を通して知らしめることとした。……協力してくれるか？」

「わ、わかりました。私としましては何も問題はございません」

やっぱり、シーニョンは仕事ができなかったんだ。

「お待ちください、女王陛下！」

突然、ぐったりしていたシーニョンが叫ぶ。

「こんな無能にイニシアチブを与えないでください！　僕のコンセンサスは取れていません……ああああ！」

「黙れ！　無能はお前だ！　まずはその話し方を直せ！　意味がわからんわ！」

また鞭でめった打ちにされていた。考えなくてもわかるだろうに……。常に意識が高いシーニョンは、こんなときでも意識が高いらしい。いったい何をやっているんだ、こいつは。

「そして、シーニョンの監視役としてこの者をつかせる。わらわの部下、センジだ」

「センジでございます。どうぞよろしくお願いいたします」

「あっ、こちらこそよろしくお願いします」

　玉座の後ろからそっと出てきたのは、ザ・使者といった服装の男性だ。俺を見ると、丁寧にお辞儀してくれた。と思いきや、シーニョンをそれはそれはキツイ目で睨む。

「失礼なことがあったら私が躾《しつ》けますので、どうぞご安心ください。デレート殿には少しの迷惑もかけませんので」

「は、はい」

　ということで、我らがシーニョンは俺の下で修行することになった。

間章　……弟子？（Side：シーニョン）

「おい、離せ！　僕を誰だと思っている！　僕のパーソナルコネクションを駆使すれば、貴様らなんか一瞬で牢屋行きだぞ！」

「人脈って言え！　そもそも、お前の人脈なんか知らねえよ！　さっさと歩け！」

リーテンで馬車に押し込められた僕は王宮に来ていた。今はセンジたちに抱えられるようにして歩いている。どうやら、このまま女王陛下の下へ連れていくらしい。

「いいか⁉　僕をこんな目に遭わせてタダで済むと思うな！　ネゴシエーションに応じない貴様らはゴミだ！」

「だから、何言ってんのかわかんねえよ！」

このクソどものせいで、僕の服はしわくちゃになってしまった。覚えてろ、あとで訴えてやるからな。そのうち、重厚な扉の前に着いた。ふーん、ここが〝陛下の間〟か。ズズズ……と扉が開かれる。ケッ、女王陛下がなんだ。僕はリーテンの偉大なるギルドマスターだぞ。むしろ、僕の方が偉いと言っても過言ではない。

「女王陛下、失礼いたしますっ！」

「待ちくたびれたぞ、センジ。……ん？　その男は誰だ？」

「リーテンの鍛冶ギルド、シーニョンでございます。おらっ！　前に出ろ！」

押し出されるように玉座の前へ連れて行かれる。この僕にこんな扱いをするなんて……後でぶちのめしてやる。だが、まずは女王陛下だ。ギルドマスターの威厳に跪け。怒鳴りつけようと女王陛下を見た瞬間、僕は固まってしまった。

——な……なんと美しいお方だ……。

長い白銀の髪は幻想的に輝き、同じく銀色の瞳は見る者を引き込んでしまう。そのお顔だって、一度見たら忘れないくらいだ。まさしく、僕の運命の人……。赤い糸で結ばれている人と出会ったら、呼吸が荒くなるってホントだな。

「はぁ……はぁ……」

「……センジ。この気色悪い男を連れてきた理由を申せ。理由によっては貴様を処罰せねばならん」

「はっ！　デレート殿を探しにリーテンへ向かったところ、この男に【アマツルギ】を折られてしまいました！」

……は？　おい、使者。お前は何を言っているんだ？　だから、あれはアクシデントだろ！　そんな言い方をしたら僕が悪者に聞こえるじゃないか。センジは予期せぬ事故により折れてしまった【アマツルギ】を差し出す。それを見ると、女王陛下は恐ろしい顔になった。

「……詳しく話せ」

ほら、女王陛下も怒っているだろ！　そりゃそうだ。自分の伴侶となるべき男が悪く言われたのだから。さ、きっちり弁明してもらおうか。

「リーテンにデレート殿はおらず、私は混乱しました。そこで現れたのが、このシーニョンです。ギルドマスターだからすぐに直せる……という、この男の甘言に騙されてしまいました。誠に申し訳ございません」

センジはうなだれながら告げる。おいおいおい、何言ってるんだ。

「聞いた話だと、三十年間ギルドに勤めながら一度も槌を持ったことすらないとか。無能を見抜けなかった私の責任でございます……」

だ、だから、それは言うなよ！　護衛たちに抑え込まれているとき、つい口を滑らせて言ってしまったのだ。

「ふむ……センジよ。貴様は有能だが、今回の件に限っては無能だったな」

「申し訳ございません、女王陛下。覚悟はできております」

女王陛下は別の使用人から何かを受け取る。鞭だ。そして、センジは四つん這いになる。な、なんだ？

「わらわは無能が嫌いだと知っているだろう！」

「あああ！」

パァン！　とセンジは鞭で叩かれた。そのまま、ズパパパパ！　と尻を重点的に叩かれる。な、なにが起きているんだ。そして、センジはなぜか嬉しそうだ。こ、この男はいったい何者……。

「さて、シーニョン。貴様のようなホラ吹きは見たこともない」

女王陛下はすぅぅ……と僕を見る。先ほどまでの美しいという感情は消え去り、もはや恐怖しかなかった。

「国宝の剣を折るギルドマスターなど聞いたこともないわ！　このたわけ！」

「あああ！」

鞭で全身を叩かれる。激しい痛みでおかしくなりそうだ。な、なぜ、こんなことになった……。

いくら考えてもわからん。

「タイミングの良いことに、今日はデレートを呼んでいる。もうじき、この場に来るだろう」

「デ、デレートが……？」

息も絶え絶えに呟く。なんであの無能が。まるで信じられん。

「つい先日、わらわはデレートを国軍の専属鍛冶師に任命した。このレベルの武器を造れる者はそうそういないからな」

「…………え？」

女王陛下の口から、ありえない言葉が出てきた。国軍の専属鍛冶師なんて言ったら、鍛冶師としては国内最高峰の地位だ。リーテンのギルドマスターなど足元にも及ばない……。

「そして、貴様はリーテンのギルドマスターを解任する。己の無力さを反省しろ」

さらに告げられたのはクビ宣言。ギルドマスターを解任……？　あんなに根回しを頑張って出世したのに？　全部おじゃんになった？　一番大切な地位を奪われて、精神に大きなヒビが入る。

「なんでえええ！」

「おい、この大馬鹿者を静かにしろ！」

「こらっ！　女王陛下の前だぞ！」」

「ぐあああぁ！」

すぐさま屈強な護衛たちがのしかかってきて動きを封じられた。肺が圧迫される。く、苦しいだろうがよ。

「ちょうどデレートが来たようだ。このたわけは部屋の隅に置いておけ」

女王陛下の一言で、ズルズルと引きずられていく。クソッ、クソッ！　怒りの矛先をどこに向ければいいのかわからず、悪態を吐くしかなかった。精神がぐちゃぐちゃになっていると、デレートが入って来た。

「よく来たな、ミリタル。そして、デレート。わらわもそなたたちに出会えて喜ばしい」

「はっ！　陛下もお変わりないようで！」

「デ、デレートでございますっ！」

おい、誰だよ、その美人は！　デレートは若くてキレイな女性を連れている。さらさらのブロンドヘアにサファイヤみたいな蒼い瞳、スラリとした肢体は目が釘付けになる。そんな美人見たことないぞ。片や、俺の隣にいるのはむさ苦しい男たち。この差はなんだ！

「デレート、そなたの造った【カミナ】は誠に素晴らしい。わらわも深い感動を抱いた。わらわが認める、そなたは国一番の鍛冶師だ」

「あ、ありがたき幸せっ」

はぁ!?　デレートが国一番の鍛冶師!?　ふざけんな！　見下していたヤツが目の前で称賛され、

猛烈な怒りが湧き上がってくる。僕のときとは打って変わって、女王陛下はすこぶる優しい。あまりの反応の違いに、体中の血が沸騰するかと思った。

その後もデレートは褒められ、僕は罵倒される。しかも、妖精みたいな美人の前で、だ。これほどまでに屈辱的な気持ちになったことはない。

「この者をそなたの弟子としてくれないか？」

「……え？　シーニョンを弟子に……？」

そして告げられた女王陛下の言葉に、僕はとうとう気絶しそうになった。

――こ、この僕が……デレートの弟子だと……？　しかも女王陛下の命で？

ふざけるな！　それだけは認めてなるものか！

「お待ちください、女王陛下！　こんな無能にイニシアチブを与えないでください！　僕のコンセンサスは取れていません……あああ！」

「黙れ！　無能はお前だ！　まずはその話し方を直せ！　意味がわからんわ！」

鞭でめった打ちにされ、心も体もズタズタになる。

――ずっと見下していた男の下で修行する……。

ものすごい屈辱感で頭が割れそうだ。だが、鞭で叩かれることを考えると、恐ろしくて何も言えない。頭の中がぐちゃぐちゃになるほどの怒りを、僕は必死になって抑え込むしかなかった。

追放されたおっさん鍛冶師、なぜか伝説の大名工になる
～昔おもちゃの武器を造ってあげた子供たちが全員英雄になっていた～

第五章　森での会敵

「では、デレート。今後の活躍に期待しているぞ」

「あ、ありがとうございました。失礼いたします」

謁見が終わり、〝陛下の間〟から出てきた。俺の隣にいるのは、ミリタルとセンジさんとシーニョン。初めにここへ来たときより、メンバーが少し増えていた。

「じゃあ、俺はそろそろ宿に戻るとするかな。シーニョンはもう宿決まってるのか？」

「決まってるわけないだろ！　ノーティスもなしに連れて来られたんだから！」

シーニョンはさっきからずっと、ぶすーっとしている。そんなに顔に出すなよ。仮にも、もう四十なんだからさ。そして、ミリタルは眼中にないと言った様子で、俺の隣に控えている。

「おい、デレート殿に向かって、その口の利き方はなんだ！　というか、ノーティスって意味わかんねえ！　ちゃんと話せよ！」

「こ、こらっ、やめないか！」

センジさんはシーニョンを思いっきりはたく。丁寧そうな人に見えたけど、めっちゃ厳しい人のようだ。と、思いきや、俺にはすごく優しそうな顔を向けてくれた。

「デレート殿はどちらにお泊まりで？」

「下町に宿をとってます」

「なるほど、では途中までお供いたします」

王宮から出て少し歩き、テルさんの宿に着いた。相変わらず、俺はここにお世話になっている。

ミリタルが「シーニョンの視線がキモい」と言うので、シーニョンは先頭を歩かされていた。

「じゃあ、俺はここで失礼します」

「私も今日はこちらへ泊まることにする」

「承知いたしました。お休みなさいませ」

ミリタルは今日も同じ宿か。彼女はたまにここで寝泊まりしていた。また一緒の部屋で寝かされるのかな。誓って言うが、断じて何もしていない。

「あっ、デレートさん、お帰りなさい。いつもより遅いじゃないですか、心配しましたよ」

「ごめんごめん、ちょっと色々あってね」

ガチャッとドアを開けたら、テルさんが出てきた。笑顔で俺を出迎えてくれる。

「もうお夕食は用意できていますし、お風呂もすぐ沸きますよ。どっちにします？　……すみません、デレートさんはいつもお風呂が先でしたね。洗濯物は籠に入れといてください」

「いや、今日は食事を先にしようかな。ミリタルも一緒なんだ」

嬉しそうなのはありがたいのだけど、長年の夫婦感を出すのはやめてほしいな。色々誤解されそうだから。ミリタルも不機嫌になるし。……ん？　後ろからギリギリギリ……という変な音が聞こえてくるような。

なんだろうと振り向いたら、シーニョンがひたすらに悔しそうな顔で歯ぎしりしていた。

「なんでお前だけ美人と一緒にいるんだよおおおお！」

「は、はぁ？　いきなりどうした」

突然シーニョンがキレた。血管が切れそうなほど青筋が浮き出ている。お、おい、落ち着けって。

「僕もここに泊めろ！」

「え……いや、しかしだな……」

「こんな良い宿に泊まれるわけないだろ！　お前は国軍の馬小屋に泊まるんだよ！」

「ウチもお客さんみたいな汚いおじさんはお断りでーす」

俺が何か言う前に、センジさんとテルさんが全力否定した。それを聞いて、シーニョンはなおもキレまくる。

「馬小屋だと⁉　ふざけるな！　僕はギルドマスターだぞ！」

「元、だろうが！　さっさと歩け！　手間をかけさせるな！」

「だ、だから、もっと丁寧に扱え！」

シーニョンはセンジさんに連行されていく。連れて行かれる間にも、なんかずっとキレていた。

「宿泊料はフリーに決まってるだろうな！」

「有料に決まってんだろ！　一晩、銅貨三枚だよ！」

我らがギルドマスター（元）は、センジさんに叩かれながらジャブジャブと川を渡らされていった。

◆◆◆（Side：シーニョン）

「ここがお前の宿だ、さっさと入れ！」

「そんなに押すなって！」

センジに力強く押され、思いっきり地面に転んだ。臭いし濡れてるし、膝はすりむくし最悪極まりない。思わず手をついてしまったので、両手も汚れてしまった。

「せいぜい、ここで大人しくしているんだな。早く宿泊料出せ」

「ま、待て。ほんとに金を取るのか？　こんな汚い馬小屋なんだぞ」

十個ほどの馬房《ばぼう》が左右に連なり、中央の通路も幅広い。馬小屋自体はそこそこ広いものの、当たり前だが人が泊まるような場所じゃない。周りには馬だけだ。獣と糞尿の臭いでむせ返る。宿はおろか、ギルドの部屋にもまるで及ばない。デレートの宿が心の底から羨ましかった。

「金が払えないなら、〝タモンの森〟に連れて行けと命じられている。モンスターどもに可愛がってもらうか？」

「わ、わかった！　金は払うから、それはやめろ！」

モンスターがうようよいる森なんかより、こっちの方がまだマシだ。なけなしの金を払うと、センジは摘《つま》むようにして受け取った。

「お前が逃げないか一晩中見張っているからな」

吐き捨てるように言うと、センジは納屋から出て行く。僕は一人ポツンと取り残された。こんな臭くて汚いところで寝られるわけないだろ。周りの馬どもは、ジッと四つん這いの僕を見ている。お前たちまで僕を馬鹿にするのか……許さんぞ。人間と動物の格の違いを見せてやる。

「おい！　貴様ら、僕を見下すな！　僕はギルドマスターを務めたくらい偉いんだぞ！」

怒鳴りつけてやったが、馬たちは微動だにしない。いや、馬房の柵を押しのけ、スッと僕の周りに集まった。な、なんだ？　自分より巨大な生物に囲まれ、恐怖感が湧いてくる。

『『ブルル……』』

蹴られるかと身構えたが、意外にも鼻を押しつけてきた。クンクンと僕の匂いを嗅ぐ。その行動に、僕は強い衝撃を受けた。

――こ、この仕草は……！

昔、馬は匂いで仲間か敵かを判断すると本で読んだことがある。彼らの耳も真っ直ぐ立っていた。これは僕に興味を抱いている証拠だ。僕は馬に詳しい。自分に似ていると感じ、色々調べた経験があるからな。ちなみに、僕が馬に似ているのではない。馬が僕に似ているのだ。初対面にもかかわらず、馬たちはここまで友好的な反応をする。それはつまり……。

「僕の魅力は馬にも伝わるということか！」

僕はスラリとした面長のハンサム顔だ。鼻筋も通っているし、顔の輪郭もシュッとしている。まさしく、馬も見惚れるメンズというわけだな。ズタズタにされたプライドが修復されるのを感じていたら、馬たちは僕の周りでぐるぐると小走りを始めた。新しい仲間を見つけて嬉しい、とでも言いたげだ。馬が走るたび床の馬糞が飛び、僕の全身に降りかかる。

「うわっ！　きたな！　お、おいやめろ！　コ、コミュニケーションのつもりか？　ふざけるな！」

狭い室内では逃げ場もなく、あっという間に馬糞まみれになる。デレートは一つ屋根の下で美女（しかも二人）と朝までイチャイチャ。片や僕は糞まみれ………。

「なんで僕だけこうなんだよおおおおおおおおおおおお！！！」

「おい、うるせえよ！　……くっさ！」

怒号を上げるや否や、すかさずセンジが入ってくる。うるさい上に臭いと言われ、結局、朝方まで近くの川で服を洗う羽目になった。

◆◆◆（Side：デレート）

翌日、国軍の本拠地へ行った俺は、たくさんの鍛冶師に囲まれていた。ナナヒカリが追い出した人たちが戻ってきたようだ。みんな快活で感じが良く、握手しただけで優秀な鍛冶師だとわかる。タコがたくさんできているからな。何はともあれ、歓迎してくれて良かった。みんな良い人ばかりでホッとする。仕事の合間に来ているミリタルも笑顔だ。

「やっぱり、先生がいらっしゃってみんな喜んでいますね。私も嬉しいです」

「こんな立派な人たちが部下なんて、俺にはもったいないくらいだよ」

部屋の隅にはシーニョンがいるわけだが、彼は歓迎されていないらしい。

「おい、あいつだろ？　国宝を破壊したエセギルドマスター」

「三十年鍛冶ギルドにいて、槌すら握ったことがないんだって。冗談キツイぜ」

「今まで何やってたんだろうな」

こいつが国宝の剣を折ったことは、すでに周知の事実だった。センジさんがウザそうな顔でシーニョンを紹介する。

「この男はシーニョン。国宝の【アマツルギ】を折った張本人です。……ほら、早く挨拶しろ」

「……よろしく」

いつもの意識の高さは鳴りを潜め、至って普通に挨拶した……のだが、なんかシーニョンはボロボロだ。高そうな服は茶色く汚れ、いつもキメにキメた髪の毛だってボサボサだった。なぜか服も濡れているのだが……。そういえば、馬小屋に泊まるって言ってたな。色々あったというわけか。案の定、鍛冶師や装備の修理に来ている兵士たちも顔が引きつっていた。中でも女性陣は苦虫を噛み潰したような顔だ。

「なに……あのおっさん。超汚いんですけど」

「デレートさんはあんなにカッコいいオジサマですのに……ずいぶんと汚らしいですわね」

「ここに居つくんでしょうか」

シーニョンは下を向いてプルプルと震えている。

「では、デレート殿。そろそろ【アマツルギ】の修理の方をお願いします」

「あ、ああ、そうだな。さっさとやっちまおう」

ミリタルから折れてしまった【アマツルギ】を受け取る。見れば見るほど美しい剣だ。こんなのを本当に俺が造ったのかよ。……すげえな、昔の俺。道具を整えながら椅子に座る。ふと、わずかな不安が脳裏をよぎった。

――過去の自分を……超えられるだろうか。

別に仕事をサボっていたわけではないが、このような一品を造れるかなと思ってしまった。しかし、そのような不安はすぐに消え、強い気持ちがあふれてくる。

――いや、超えるんだよ。

剣が進化したように、俺も進化しなければ。鍛冶師たるもの、成長が止まったらそこで終了だ。まずは素材を整理しよう。元々いた鍛冶師たちと一緒に素材も返ってきた。ナナヒカリに使われないように、守ってくれていたみたいだ。

【スチール鉱石】
ランク：A
属性：無
説明：自然に存在する鋼。純度が高く、特殊な加工をしなくても強靭な武器を造れる。

【硬虫化石】

ランク：Ｂ
属性：無
説明：硬虫と呼ばれる硬い外殻を持った虫の化石。光の屈折により色が変わる。

【アクア石】
ランク：Ａ
属性：水
説明：内部に水の魔力が封じ込められている鉱石。割ると水が出てくる。

【ラーバ岩石】
ランク：Ａ
属性：炎
説明：バーフィ山脈の溶岩が固まった鉱石。噴火のパワーが詰まっている。

【ハーデン魔石】
ランク：Ｓ
属性：無
説明：恐ろしく頑強な鉱石。その分強い衝撃を加えるほど硬くなるので、加工が非常に困難。

十分すぎるほど良い素材が揃っている。グロッサ軍に感謝だな。

「「デレートさん、修理を見学させてもらってもいいでしょうか？」」

「ん？　ああ、もちろんいいよ」

気が付いたら、周りには兵士や鍛冶師たちが集まっていた。みな、興味津々といった様子だ。

そんなに注目してくれるなんてありがたいな。感謝の気持ちを込めながら作業を開始する。まずは刀身を柄から抜き出す。せっかくだから、教えながら作業するか。

「基本的に、折れた剣は接着できないんだ。間に別の金属を入れるにしても、火を通すと組成が変わっちまうからな。だから、思い切って作り直す方がいい」

「「なるほど……」」

みんな真剣な面持ちでメモを取っているのだが、きっとこれくらい知っているよな。わざわざ言わなくても良かったか。いかんな、年を取ったせいかどうしても説教臭くなってしまう。必要な情報だけ伝えるように意識しなければ。

「強度は【スチール鉱石】と【ハーデン魔石】を使えば十分だろう。この二つから造った合金は相当頑丈なはずだ」

「「はい」」

まずは【スチール鉱石】と【ハーデン魔石】をぐつぐつに溶かす。両者を混ぜて合金に。ここまでは【カミナ】を造ったときと同じ感じだな。

「さて、これから加工を始めるわけだが、この合金には【ハーデン魔石】が混ざっているからな。普通に叩くだけではダメだ。そこで、対角線上に優しく槌を振るっていく」

「「対角線上……」」

コッコッコッ、と斜めに優しく叩いていく。【ハーデン魔石】はこの方向に叩けば伸びやすいと、文献で読んだことがあるが本当だな。勉強しといて良かったぜ。刀身の素体が完成したら、次は残りの鉱石を加工する。

「【アクア石】と【ラーバ岩石】を使って、聖属性の元となる魔力を与えるんだ。【アクア石】は砕いた後冷やせば、【ラーバ溶岩】はそのまま熱せれば剣に溶け込む」

「「勉強になります」」

いい感じで鍛錬できているぞ。粛々と作業していたら、鍛冶師の一人に聞かれた。

「あの、すみません。聖属性なんて、どうやったら付与できるんですか？」

「……ん？」

聖属性の付与……？　答えに窮する質問だ。思わず思考が止まる。

――た、確かに、聖属性ってどうやって付与するんだ？

思い返せば【シンマ】のときもそうだったが、自覚がなさすぎてわからん。というか、聖属性の素材なんて使ってないし。考えられるとしたら……気合？

「ほ、本気の想いを込めるのがコツかな」

「「なるほど！　本気の想いですね！」」

鍛冶師たちは勢いよくメモを取る。なんか申し訳ない気がしたが、本当にそれしか言えないんだ。

「最後、【硬虫化石】は砕いて粉状にする。これで磨けばあの美しさが戻るだろう」

研磨したら、見事な宝剣が姿を現した。

【天使の宝剣：アマツルギ改】

ランク：S

属性：聖

能力：天界の存在を降臨させ、その身に宿すことができる。現世と天界を繋ぐことができる至高の宝剣。

折れてた【アマツルギ】とほぼ同じ剣の完成だ。元の剣は完全に折られてしまったものの、鍔やグリップなどは再利用できた。これで無事に修理は完了だ。

「すげえええ！　あっという間に治っちまった！」

「さすが稀代の鍛冶師、デレートさん！」

「私にも鍛冶を教えてください！　手取り足取り！」

わあわあわあ、と兵士や鍛冶師に囲まれる。【アマツルギ】を作業台の上に置くと、みんな大歓声を上げながら褒め称えていた。ミリタルが耳元でこそっと話しかけてくる。

「やっぱり、先生は稀代の天才鍛冶師ですね。こんな人に武器を造っていただいて、私も誇らしいです」

「大袈裟だよミリタル。俺は本当にただの鍛冶師なんだ」

「これからもずっと一緒にいてくださいね」

ミリタルはさりげなく俺の手を握ってくれた。なんだか昔を思い出すな。彼女のおかげで新しい居場所ができた。感謝しなければ。あっ、そういえばシーニョンは……。後ろを見たら、彼は憎しみのこもった目で俺たちを見ていた。えええ、こわぁ。とはいえ、あいつにも鍛冶を教えないと。女王陛下の命令だし。

「シーニョン、まずは槌の振るい方から勉強しようか。ちょうど、ここに余りの金属板がある。これを打って平たくするんだ」

「偉そうに命令するな……ぐあああ」

「デレート殿が教えてくださるんだぞ、ありがたくしろ！」

口答えしようとした瞬間、シーニョンはセンジさんに叩かれていた。す、すごいスパルタだ。だが、彼のためを思えば我々も心を鬼にしなければならない。

「自分の指を打たないように気を付けてな」

「ケッ……」

センジさんに聞こえないように悪態を吐きながら、シーニョンは槌を振り上げる。勢いよく振り下ろした瞬間、彼は自分の親指をしたたかに打ちつけてしまった。

「うわあああああ‼」

響き渡る絶叫。のたうち回るシーニョン。さすがに俺も心配になった。

「お、おい、大丈夫かよ。すぐに回復薬を……」

「こっちに来るな！　お前のシンパシーなどいらん！」

「うおっ」

シーニョンが手を振り回して俺を攻撃する。彼の服から水が飛んできて床が汚れてしまった。

「おいおい、自分で自分の指打ってるぜ。マジで槌を振るったことすらなかったんだな」

「せっかく、デレートさんがマンツーマンで指導してくれているのに、何なのあの態度」

「デレートさんの苦労を思うと泣けてくるぜ。本当にお優しい方だ」

兵士や鍛冶師たちはしきりに俺を称賛するが、シーニョンには呆れ果てていた。

「俺は大丈夫なんで、それくらいに……」

「ぼ、僕をルックダウンするなー！　僕はギルドマスターだったんだぞ！」

シーニョンは激しく叫び、あろうことか槌を振り回してきた。も、もっと落ち着けよ。そんなことをしても自分の立場が悪くなるだけだろうに。

「こらっ、危ないだろ！　どうしてそんなこともわからないんだっ」

すかさず、シーニョンはセンジさんに槌を没収される。なんか……思ったより前途多難っぽい。

彼が立派な鍛冶師となるためにも、俺はさらに頑張らないとな。兵舎を掃除しながら、俺はそんなことを思う。彼に折られた【アマツルギ】は、戒めのためしばらく鍛冶場に飾られることになった。

◆◆◆

「専属鍛冶師就任を祝してー！　……かんぱーい！」

「「乾杯っ！」」

　グロッサビールがなみなみと注がれたグラスがぶつかり、軽やかな音が響く。ここは王都の酒場。久しぶりに会ったことだし、お酒でも飲みましょうとミリタルが誘ってくれたのだ。あんなに幼かった子と酒を飲める日が来るとは……。俺は一人、心の中でしみじみと泣いていた。

「さて、それはそれとして……」

　酒を飲んでいたら、突然ミリタルが言葉を切った。

「どうして、テルさんとコンフィがここに？」

「あっ、お世話様でーす」

「し、失礼しておりますっ」

　円形のテーブルには、俺とミリタルの他に、テルさんとコンフィちゃんも一緒に座っていた。コンフィちゃんはまだお酒が飲めないので、フルーツジュースを飲んでいる。

「せっかくだから俺が誘ったんだよ」

「え！　な、なぜですか！」

「なぜって、こういうのは人が多い方が楽しいだろうよ。コンフィちゃんのおかげでナナヒカリに勝てたことだしな」

「そういうことでよろしくお願いしまーす」

「このジュースすごくおいしいです」

テルさんとコンフィちゃんは笑顔で飲み物を飲んでいるが、どうしたわけか、ミリタルはぐぬぬ……と歯ぎしりしている。ガブッと飲むと、すぐに追加のグロッサビールを頼んでいた。

そういえば、ミリタルってお酒強いのかな？　グロッサビールは結構がつんとくる。俺は三杯くらいでおしまいにするかも。ミリタルがジョッキを呷《あお》っている様子を見ると、コンフィちゃんが緊張した様子で話しかけた。

「あの……軍団長閣下。それくらいにしておいた方が……」

「何を言っている。私はまだまだ飲むぞ」

「だって、いつものアレが……」

二人は何の話をしているんだろう。ミリタルはコンフィちゃんの言葉を聞くと、ダンッ！　とジョッキを置いた。

「いいか、コンフィ。私は酒になど呑まれにゃい」

すでに目の周りが真っ赤だ。

「でも、お顔が真っ赤ですよ？　にゃいって言っちゃってますし……」

「赤くなどなってにゃい。さて、酒にはこれがつきものだな」

ミリタルはガサゴソすると、人形を取り出した。そう……俺のミニ人形だ。な、なんで？

「ぶいーん！　……ずどどどどどっ！」

突然、ミリタルは人形を振り回して遊び出した。四十歳の俺が二十五歳の俺に激しく攻撃されている。

――…………え？

呆気にとられていると、コンフィちゃんが小声で教えてくれた。

「軍団長閣下はお酒に酔うと、いつも手持ちのお人形で遊ばれるんです。国軍の中では有名ですよ。〝ミリタルのドール遊び〟って」

「……マジか」

「あらあら、軍団長さんもまだまだ子どもなのねぇ」

テルさんや他の客たちは温かい目でミリタルを見ている。馬鹿にしたり茶化したりする人は一人もいない。やはり、彼女の人望は厚いのだろう。……それは結構だし大変素晴らしいことなのだが、俺まで急激に恥ずかしくなってきた。

「ほ、ほら、ミリタル、人形はしまいなさい。汚れるといけないから……」

「先生も一緒に遊ぶのー！」

人形を頬に押し付けられる。すぐにでも止めてほしかったが、止める気配はまるでない。幼児に戻ってしまった彼女を泣かさないよう必死に宥《なだ》めていた。彼女のイメージがどんどん覆されていく……。

ミリタルの人形遊びに付き合わされていると、先に注文しておいた料理が運ばれてきた。〈モシフリ牛〉のサイコロステーキや〈ルビーロブスター〉の丸焼き、〈ウサギ魚〉のアヒージョなどなど、温かい湯気が立ち上っている。テルさんが取り分けてくれ、みんなで一緒に食べた。

〈モシフリ牛〉は甘じょっぱい味付けがたまらん。中まで熱々で、あふれる肉汁だってうま味でいっぱいだ。〈ルビーロブスター〉は身がギュッと引き締まっていて、噛むたびに海の風味が迸る。〈ウサギ魚〉にいたっては、ガーリックの香ばしい味わいに舌が躍った。どれもこれも最高の料理だ。……最高なのだが、ここはやはり年長者の俺が奢るべきだよな？　ミリタルはこんなだし、テルさんだって俺より年下だ。……専属鍛冶師の給金っていくらだろう？

「デレートさん、コンフィから〝豪腕の壊し屋〟に鍛冶勝負で勝ったと聞きました」

「え……あ、ああ、そうですね。まぁ、勝ったのは俺じゃなくてコンフィちゃんですが」

　財布の中身を気にしていたら、テルさんに話しかけられた。ナナヒカリとのバトルはすでに知っているらしい。テルさんは俺の手を握ると、ぺこりとお辞儀した。

「おかげさまで娘も大きな怪我がなくホッとしました。夫を早くに亡くしてから、コンフィのことがどうしても心配で。とても強い武器を造っていただき、本当にありがとうございました」

「いえ、鍛冶師としてやるべきことをやったまでですよ」

「コンフィのような非力な娘でも怪力自慢の男性に勝てるなんて、やはりデレートさんの武器が素晴らしかったんでしょうね」

「いやいや、それこそミリタルの訓練とコンフィちゃんの勇気の賜物《たまもの》です」

鍛冶師の手柄なんて微々たるものだ。使用者の功績は使用者の物。昔からその考え方は変わらない。

「デレートさまはご自身の武器を造らないのですか？」

「武器？　別にそんなの要らないよ」

「あんなに強い剣が造れるんですから、きっと戦いの才能もあるんですよっ」

コンフィちゃんは興奮したように言うが、いまいち気乗りしなかった。そもそも、俺は鍛冶師だ。武器なんて必要ないだろう。冒険者でもあるまいし。

「いいんじゃないの、先生ー！」

と、思っていたらミリタルが叫び、びっくりしてビールをむせてしまった。

「ゴ、ゴホッ……！　さっきも言ったが自分の武器なんて要らないって。だいたい、いつ使うんだ」

「自分で武器を使ったら、使う人の気持ちがよくわかるでしょ！　ぶいーん！」

こんな状態でも、ちゃんと話を聞いていたらしい。さすがは軍団長だ。

「……なるほど、たしかに一理あるな」

思い返せば、俺が本格的に武器を扱ったことはなかった。そう考えると、結構良い案だ。

「兵舎の素材使ってね。みんな賛成するだろうから……ずがががが っ！　ぐああ、やられたー！」

俺の武器ねぇ……。思いもしなかったが、意外といいかもな。この先、どこかのダンジョンへ素材採取に行く機会だってありそうだ。自分の身くらいは自分で守れた方がいいだろう。できあがったら、兵士たちに頼んで稽古をつけてもらうか。そう思いながら酒と料理を楽しむ。その日は久しぶりに楽しい食事の時間となった。

翌日、さっそくミリタルが鍛冶場に集まった兵士たちに、酒場での話（人形遊びは除外）を伝えていた。俺が自分の武器を造る件だ。

「デレート殿にもご自身の武器を持っていただくこととした。今後、素材採取に同行を願う場合もあり、自衛の手段はあった方がよいと判断したからだ。また、デレート殿は実際に武器を扱うことで、より鍛冶の精度を上げたいとおっしゃっている」

「俺も軍団長閣下のご意見に賛成です」

「進化したデレートさんを見てみたいっす」

「武器の扱いならご心配なく。私たちが一からお教えしますよ」

瞬く間に兵士たちも賛同する。頼めば稽古もつけてくれそうな雰囲気でよかった。

「ウェーイト！　僕はアグリーできないぞ！」

温かい空気を切り裂くように、鍛冶場の片隅から男性の甲高い声が轟く。シーニョンだ。一転して、鍛冶場は兵士たちのため息で覆われた。

「アンフェアだ！　僕にもウェポンを持たせろ！　どうしてデレートばかり……ぐあああっ」

「ほら、馬鹿なこと言ってないで鍛錬するぞ～」

センジさんがシーニョンの耳を引っぱっていく。この光景もすっかり日常の一部となってしまった。咳払いし気合を入れ直す。

「……さて、造るとするか。ちょっと倉庫に行ってくる」

俺が決心すると、兵舎は一段と盛り上がった。倉庫で素材を集める。DランクやCランクの物を選んでいたら、ミリタルがやってきた。

「AやBランクの素材は使わないのですか？　自由に使っていただいて構いませんが……」

「いや、そういうわけにはいかないよ。低ランクの物で十分だ。良い素材はなるべく、兵士たちの武器の手入れに使いたいからな」

「先生はやはり立派な方です……うっうっ……」

ミリタルはハンカチで涙を拭く。んな大げさな。昨日の酒が残っているのだろうか。まぁ、素材はこんなところでいいだろう。

【フレイム鉄鉱石】
ランク：C
属性：火
説明：火属性の魔力がわずかにこもった鉄鉱石。耐熱性が高く、加工は鉄鉱石より難しい。

【カーボン石】

ランク：D
属性：無
説明：地中で圧縮され、硬度が著しく上昇した鉱石。硬さはAランクの素材にも匹敵するが、流通量が多いため希少価値は低い。

【鉛魔鉱石】
ランク：D
属性：無
説明：豊富な鉛が含まれた鉱石。柔らかく簡単に傷がつくが、その分粘り気があり丈夫な武器が製造できる。

【マジカル暴れ石】
ランク：D
属性：水
説明：多種多様の魔力が不安定な状態で閉じこめられた鉱石。強い衝撃を加えると爆発する危険がある。

【リン鈴石】

ランク：C
属性：無
説明：豊富なリンが含まれた鉱石。叩くと鈴のような音が鳴る。

素材を持って鍛冶場へ戻ると、兵士たちがわいわいと取り囲んできた。

「なに造るんですか⁉　やっぱり、めっちゃ強い武器ですか⁉」

「そ、そうだな……ちょっと待ってくれ、今考えをまとめているところでだな……」

「剣だったら私がお教えできます。剣にしましょう」

ミリタルが兵士たちをどかしながら言う。う～ん、剣かぁ。素材採取のため森へ向かったと想像してみる。鞘から抜くとき自分の指を切る、振り上げた剣が後ろにいた仲間に刺さる……よし、やめよう。熟達するのにだいぶ難儀しそうだ。俺自身、怪我でもして鍛冶師の仕事に支障をきたしたら本末転倒だしな。……だとすると、やっぱりあの武器がいいだろう。

「ハンマーを造ろうと思う」

「ハンマーを……？」

ミリタルたちは揃って疑問の声を出したので、適当な槌を持って説明を続ける。

「俺たち鍛冶師が使っている槌も、言ってみればハンマーだからな。槌を振るうような感覚で使えそうな気がするんだ」

「ああ、そういうことですね……なるほど」

そう説明すると、みな納得したようにうなずいていた。

「じゃあ、さっそく造るとするかな」

素材を並べ道具を整え、火床に火をつけるとそれだけで気持ちが鎮まっていく。俺自身の武器を製作か……。三十年で初めての経験だな。でも、いつも通り淡々とやるだけだ。

まずは【フレイム鉄鉱石】の加工から始めよう。熱が上昇しきる前から火の中に入れ、他の鉱石より長く熱する。耐熱性が高いので、その分時間をかけるのだ。

一番大事なハンマーの素体には【カーボン石】と【鉛魔鉱石】を混ぜて使う。ハンマーなのだから、もちろん叩く機会が多くなるだろう。自然に、剣とはまた違った造り方となる。

硬い素材は傷がつきにくいが、強い衝撃により割れやすい。粘り気のある鉱石を混ぜることで芯のある丈夫さを得るのだ。比率は七対三といったところか。溶かしては叩き、溶かしては叩きと、徐々にハンマーの形を作っていく。中心には別の合金を入れる予定なので、大きめな穴を貫通させておく。素体ができあがったら、あとは特殊能力の付与だな。それについては、ハンマーを造ろうと思ったとき一つの案が浮かんでいた。

叩いたときに衝撃が倍増される能力とかはどうだろうか。一撃で致命傷を与えられる武器なら、素人の立ち回りでも十分戦えると思う。そこで選んだのが【マジカル暴れ石】と【リン鈴石】だった。どちらも衝撃波を出す力として利用できそうだ。【マジカル暴れ石】だけは加工が難しいが問題ない。水属性の魔力がこもっているから、水中で細かく砕けばいい。やや低い温度で両者を混ぜ、ハンマーの穴に注いでいった。

最後の仕上げとして、【フレイム鉄鉱石】をコーティングするように流す。火属性の魔力を混ぜておけば、衝撃を増大させるきっかけになるはずだ。ジュっと冷水の中につけてしばし冷やすと、剛健な印象の大きな槌が完成した。

「よしっ、できたぞ！」

「「おおお〜、カッコいい！」」

鈍い鋼色をしたハンマーだ。頭の部分は大きな長方形で、持ってみるとズシリと重い。背中に担げるように、サポーターも別に用意しておいた。

「後は名前を付けるだけだが……どうしようかな」

「それでしたら先せ……こほん。デレート殿、私に名案があります」

すかさず、ミリタルが自信ありげに発言した。うむ、ここは彼女に任せよう。グロッサ軍の偉大なるナンバー2、軍団長閣下様だ。それ以外考えられない名前をつけてくれるだろう。

「【デレートハンマー】はどうでしょうか」

「……なに？」

まさかの俺の名前。な、なぜそうなる。

「いや、それはさすがにダサ……」

「「なんてカッコいい名前だ！」」

兵士たちが喜びの声を上げまくる。俺の声はというと、最後まで言い切る前にあっけなくかき消されてしまった。

「どうでしょうか、デレート殿！」

キラキラとした目で俺を見るミリタル。そんな目で見られたら、拒否することなどできるはずもない。

「じゃ、じゃあ、それで……」

「「うおおおお！」」

兵舎は歓声で包まれる。何はともあれ、俺の武器も無事に製作できた。

【デレートハンマー】
ランク：S
属性：聖
説明：全身の魔力を思いっきり込めて殴ると、注がれた魔力が聖属性に変化。隕石が衝突したかのような強い衝撃を与える。

◆◆◆

「デレートさん、ハンマーは振り下ろす動作が遅くなりがちなので、隙を突かれないように注意してください」

「剣と違って盾のようにも使えますから、防御の練習も積んでおきましょう」

「だいぶ上達しましたねぇ。国軍の兵士と言われてもおかしくないですよ」

【デレートハンマー】を造ってから数週間後。俺は鍛冶の合間、兵士たちの訓練にも参加していた。最初は筋肉痛で辛かったが、今はもう大丈夫だ。ハンマーの扱いも思ったよりすぐに慣れた気がする。この辺りは鍛冶の経験が活かされているのかもしれないな。

一度休憩となり、木陰で汗を拭っていたらミリタルが歩いてきた。

「お疲れ様です、先生。鍛冶に訓練と大忙しですね」

「みんなのおかげで充実してるよ。もっとも、最初は身体が痛くて大変だったが」

「兵士たちもみな、先生と過ごせて嬉しいようです」

ミリタルは笑顔で言ってくれた。爽やかな風が吹いて彼女のロングコートが揺れる。ちらりと例のミニ人形が見えた。訓練中にもつけているのか……。

新天地での尊い日々……こういう生活がずっと続くといいな。そんなしおらしい気持ちを抱いていたときだった。

「「軍団長閣下、緊急報告があります！」」

数人の兵士たちが慌てて駆けてきた。ミリタルはすぐに軍人モードとなる。

「どうした、何があった」

「「〝ストーンツリーの森〟で、Aランクモンスター、アイアンベアの〝特例異常個体《アン・ノーマル》〟の目撃情報がありました！」」

「なに⁉　よし、すぐに訓練を中止し兵士を集めろ。私もすぐに行く」

兵士たちは訓練場へ散らばる。ミリタルは険しい表情のまま俺の方を振り向いた。

「〝特例異常個体〟ってなんだ？」

「まだご存知なかったでしたか。歩きながら説明しましょう。簡単に言うと、凶暴性が著しく高いモンスターのことです」

「そんなのがいるんだ。リーテンにいたときは聞きもしなかったな」

モンスター自体、凶暴性が高いことで知られている。著しく高いって、いかにもヤバそうだ。

「人間に対して異常に強い怨念を持っており、見つけ次第迅速な討伐が求められています。本当に見ただけで襲ってくるのです。数年前から、ちらほらと報告されるようになりました。知能も高く、強力です」

「めっちゃ怖いモンスターじゃないか」

想像以上にヤバかった。見ただけで襲うとは……こええ。兵士たちが急いで準備しているのもうなずける。

「こんな話をした後で申し訳ないのですが、先生も同行してくださいませんか？」

「おじさんに任せておきなさい……えぇっ!?」

俺ぇ!?

「〝特例異常個体〟の素材が武器として有用か確認していただきたいのです。先代の専属鍛冶師では扱えず、未だに不明となっています」

「そ、そういうことか、緊張するね……」

「聖属性の攻撃以外は再生されてしまい討伐に難儀しています。〝特例異常個体〟から造った武器ならどうにかなるかと……」

　ミリタルは硬い顔で呟いていた。彼女の表情から、国民や兵士たちを大事に想う気持ちがひしひしと伝わってくる。俺が出すべき答えは一つしかなかった。

「もちろん、同行させてもらうよ。今こそ、訓練の成果を見せるときだ！　……自分の身を守るくらいしかできないかもだけど……」

「ありがとうございます……先生」

　話が終わった頃に、俺たちは訓練場へと到着した。周囲には数十人の兵士たちが集まっており、中にはコンフィちゃんもいる。キリッとした顔で立派に起立していた。

　みな、鎧を着こみ重装備だ。馬車も用意されており、馬たちは脛《すね》を赤色の布で覆われていた。その赤い布には不思議な絵が。なんだ？　と思ってよく見たら、回復魔法の術式だった。なるほど、馬の疲れを軽減するのか。ミリタルが号令をかける。

「みなも知っている通り、〝ストーンツリーの森〟で〝特例異常個体〟が報告された。種族はアイアンベア。全身を金属で覆われた強靭なAランクモンスターだ。通常の個体も獰猛《どうもう》な性格の上、ただでさえ彼らの体表は硬い。並大抵の剣術は容易に弾かれるぞ……心してかかれ」

　空気が張りつめ静寂が訪れる。唾を飲みこむゴクリという音まで聞こえるほどだ。

「〝特例異常個体〟はみな、首にリングのような黒い痣《あざ》が刻まれている。それが目印だ。また、素材として有用か確認するため、今回デレート殿にも同行いただく……よしっ！　全員馬に乗れっ！」

兵士たちは馬車に乗りこむ。俺もミリタルと一緒に同乗し、緊張しながら〝ストーンツリーの森〟へと向かっていった。


「デレート殿、ここが〝ストーンツリーの森〟です」

「おお、木がいっぱいだなぁ……あ、いや、別に当たり前なんだが」

数時間ほど馬車に揺られ、俺たちは無事〝ストーンツリーの森〟へと着いた。背はそれほど高くないが幹の太い樹が多い。木と木の間隔はやや狭いこともあり、全体的に暗い印象の森だった。木の周りには丸い石が落ちていて、木の実も丸っこい。触ってみるとすでにカチカチだから、きっと落ちた木の実が石になるんだろう。

「では、兵士をいくつかのグループに分ける。手分けして探すのだ……散っ！」

「「はっ！」」

兵士たちは小さな集団に分かれ、俺はミリタルとコンフィちゃんと一緒に探すことになった。〝ストーンツリーの森〟は広く、探索は結構大変かもしれないとも聞いている。

「ううう……やっぱり実戦は緊張します……」

「大丈夫だよ、コンフィちゃん。ミリタルだってついているんだから」

コンフィちゃんからはドキドキとした雰囲気が伝わってくる。訓練と実戦では、だいぶ勝手が違うのだろう。五分ほど歩いていたら、小さな広場のようにぽっかりとした空間が現れた。森の中にはたまに木が少ないところがある。

『ゴブ……』

どの方向に進むか相談しようとしたら、木の陰から何匹かのゴブリンが出てきた。手には小さいが硬そうな棍棒を携え、怖い目で俺たちを見ている。

「うわっ、ゴブリンだ！　怖っ！」

「わ、私たちを食べるつもりですよっ」

「全部で五匹いるみたいですね。近くに巣があるのかもしれません」

俺はビビっていただけなのに、ミリタルはモンスターの数を把握し、周囲の状況にまで思案を巡らせていた。やっぱり、実戦経験のある人は違うな……こうしちゃいられん。俺もすぐにハンマーを構えた。

「ミリタル、彼らは討伐した方がいいんだろうか」

「威嚇して追い払うくらいでいいでしょう。討伐依頼も出ていませんし」

そう言うと、ミリタルは大きめな石を拾い素早く投げた。ゴブリンの棍棒を弾く。三匹は慌てて逃げて行ったが、残りの二匹は棍棒を振り上げこちらへ走ってきた。

「デレートさん、どうしましょうっ」

「二人とも下がってください」

「いや、大丈夫だ……それっ！」

俺はゴブリンに向かって突進し、力いっぱいハンマーを突き出す。頭の部分がゴブリンたちに衝突し、勢い良く吹っ飛ばした。二匹のゴブリンは地面に転がると、大慌てで逃げて行く。よ、よし、兵士たちに稽古をつけてもらった成果が出せたぞ。このハンマーは大型だから、数匹のゴブリンならまとめて倒せそうな気がしたんだ。

うまく追い払えた……と安心していたら、傍らからパチパチという音が聞こえてきた。ミリタルとコンフィちゃんが拍手してくれていた。

「デレートさますごいです。もう立派な兵士ですよ」

「重たいのに【デレートハンマー】をきちんと使えてますね。一週間の稽古でこの立ち回りは上出来です」

「あ、ありがとな。でも、ちょっと大げさすぎだ」

二人に褒められ、恥ずかしく思いつつも素直に嬉しかった。〝特例異常個体〟の捜索を再開しようと、足を踏み出したときだ。前方からバキッ……ベキッ……という木がへし折れる音が聞こえてきた。実戦経験のない俺でも、それがいかに異常な音かよくわかる。俺たち三人の警戒心と緊張感が跳ね上がった。

「軍団長閣下っ！」

「ミ、ミリタル、何かが来るぞ」

「ええ、二人とも気をつけてください」

ミリタルは冷静でありつつも、より厳しい視線を森の奥に向ける。不気味な音は徐々に大きくなり……ふいに止まった。な、なんだ？　予期せぬ変化にたじろいだ瞬間、ミリタルが叫んだ。

「躱《かわ》せっ！」

いきなり、正面の暗がりから俺の胴体より図太い幹をした木が、一直線に飛んできた。俺とコンフィちゃんはすんでのところで左右に避ける。地が揺れるほどの衝撃を感じた後、俺たちが立っていたところの地面が大きく抉《えぐ》られていた。ミリタルの声掛けがなかったら死んでいたかもしれない。

「大丈夫ですか、二人とも！」

「ああ、平気だ！　ありがとう、ミリタル」

「軍団長閣下のおかげで救われましたっ」

「安心するのはまだ早い。本命のお出ましだ」

『ウウウ……！』

木が飛んできた暗がりから、全身のほとんどが金属で覆われた巨大なクマがぬらりと現れた。俺の一・五倍はありそうな灰色の巨体に、両手両足の鋭い爪。目は激しく充血し、首にはリングのような黒い痣が刻まれている。

「あれが〝特例異常個体〟か。たしかに、異常な様子だな」

「コンフィ、笛を鳴らせ」

「は、はいっ……！」

コンフィちゃんが合図の笛を鳴らす。森に甲高い音が響くと、アイアンベアが俺たちに向かって突進してきた。

「私が戦います！　【シンマ】抜刀！」

　ミリタルが剣を抜いた瞬間、【シンマ】が光り輝いた。その刀身は闇のような漆黒から、太陽を思わせるほどの力強い純白になっている。な、何が起きたんだ……。そうか、彼女が使うとあなるんだ。

「神速の舞！」

　瞬きの後、ミリタルが消えた。

『グアアアア！』

　一瞬の後に、アイアンベアを無数の斬撃が襲っていた。【シンマ】の刀身が陽光に輝き、白い斬撃が灰色の巨体を覆うように……。ミリタルは消えたんじゃない。超人的なスピードで敵を切り裂いている。

『グゥゥ……ガァ！』

「っ……！」

　アイアンベアが両手を振り回して激しく暴れると、ミリタルがスタッと俺たちの近くに着地した。

「ミリタルすごいじゃないか！　圧倒していたぞ！」

「さすが軍団長閣下です！」

「いや……どうやら、それほど大きなダメージは入っていないようです」

　ミリタルに呟くように言われ、慌ててアイアンベアを見る。じりじりと四つん這いで動き、俺たちを警戒するように睨んでいた。身体を覆う金属には傷がついているが、出血などは少しもないようだ。それでも再生する様子はないから、ミリタルは魔力を使いながらあんなに激しく戦っていたことになる。

「そ、そんな……血も出てないなんて……」

「マジかよ、あんな激しい連撃を受けていたのに」

「元々、アイアンベアの皮ふは金属の下にあります。目や関節などを狙ったのですが、うまく防がれました。敵も自分の弱点を把握していますね」

アイアンベアは立ち上がると、近くの木を掴み、いとも簡単に引き抜いた。また投げてくるのか？

そう思った直後、棍棒のように振り回してきた。石に匹敵するほど硬い木の実が猛スピードで飛んでくる。俺たちの周りには隠れられるような木がない。クソッ、この状況を理解してやがる。

「私の後ろに隠れてください！」

ミリタルが俺たちの前に出て、目にも留まらぬ速さで【シンマ】を振り、全ての木の実を弾き飛ばした。アイアンベアは憎悪の表情を浮かべると、また四つん這いとなりこちらの動きを窺っている。

「何もできなくてすみません、軍団長閣下……」

「す、すまん、ミリタル。守られてばかりで」

「いえ、むしろ二人はよく動けている方です。飛び道具で不意打ちを狙ったり地形を利用したりと……今回も知能が高い個体のようですね」

ミリタルの凛とした表情を見ると、緊張でゴクリと喉が鳴った。こ、これが実戦か。さっきのゴブリンなんて比較にすらならない。

アイアンベアはしばし俺たちを睨み、ミリタル目掛けて突進してきた。飛び道具が効かないとわかった以上、一番強い敵から倒すつもりなのだろう。ミリタルは叫びながら俺たちから離れる。

「二人とも下がっているように！　私が引き付けます！」

『ゥルアッ！』

アイアンベアはミリタルが離れ切る前に、鋭く右腕の爪を突き出した。彼女の身体が貫かれる……！　ヒヤリと心臓が脈打ったとき、キィンッ！　という甲高い金属音が響いた。ミリタルは爪の攻撃を【シンマ】の腹で受け止めている。爪と真反対の位置に手を当て、剣が折れるのも防いでいた。アイアンベアが次の行動に移る前に、【シンマ】をゆらりと後ろに傾ける。爪の一撃は受け流され、敵の体勢が崩れた。すかさず、ミリタルが首元を狙う。

『！』

斬り落とすかと思った寸前、アイアンベアが首を曲げ、【シンマ】を噛んで止めた。

「くっ……！」

力強く噛みこまれているのか、ミリタルも振り払えないようだ。アイアンベアは左腕で一撃を加えようと大きく振りかぶる。こいつにとって、俺は眼中にすらないのだろう。単なる動きが悪いおっさんだもんな。故に……そこにヤツの隙がある。

「くらえぇっ！」

『……グッ！』

　ハンマーを力の限りぶち当てる。ちょうど金属の隙間がある左の脇腹にヒットし、アイアンベアをそのまま吹っ飛ばした。ミリタルは剣を構えながら俺の横にくる。

「ありがとうございます、先生」

「……いや、ハンマーが聖属性の力を帯びなかった。もっと魔力を込めないと」

　俺が殴ったところは凹み出血していたが、みるみるうちに収まり元通りに治ってしまった。思いっきり魔力を込めたつもりだったが、足りなかったようだ。

「わ、私、直接援軍を呼んできます！　ここにいても何もできないので！」

　突然、後ろに控えていたコンフィちゃんが走り出した。

「待て、コンフィ！　うかつに動くな！」

　アイアンベアは狙いを変え、コンフィちゃんに襲い掛かる。俺たちの方がコンフィちゃんに近いが、敵の足は猛烈に速い。間に合うか⁉　ミリタルがあっという間に俺を追い越す。アイアンベアの爪が振り下ろされるのと同時に、ミリタルがコンフィちゃんに飛びついた。

　空中に舞う鮮血。ミリタルの右脚が切り裂かれ、血が滴り落ちていた。

「ミリタル、大丈夫か！」

「ああ、軍団長閣下！　ごめんなさい、ごめんなさい！」

　コンフィちゃんは青ざめた顔で震えていた。

「……これくらいなんともありません。コンフィも落ち着け」

ミリタルはスッと立ち上がると、すぐに【シンマ】を構えた。が、その顔には苦痛が滲んでいる。あの足ではさっきのような剣技は難しいだろう。アイアンベアはじりじりと慎重に間合いを詰めている。手負いの敵は恐ろしいことを知っているのだ。

どうする、俺が援軍を呼ぶか？　……いや、その間に二人が襲われるだろうが。そもそも、コンフィちゃんが笛を鳴らしてからかなり時間が経っている。それでも兵士たちが来ないということは、だいぶ離れている可能性が高い。アイアンベアはちょうど俺たちの中間地点にいる。このままじゃ彼女たちが危ない。そう自覚した瞬間、覚悟が決まった。

俺が〝今、やるべきこと〟は死んでもこいつを倒して彼女たちを守ることだ。いや……やるのではない。

――やれ、デレート。

ハンマーに全身の魔力が注がれていくのを感じる。金属が徐々に鈍く光り、やがて白く眩い光をまとった。ミリタルと同じ、聖属性の輝きだ。アイアンベアが動きを止め、ゆらりと振り向いた。

「……」

『……』

視線と視線が真正面からぶつかり、周りの音が消えていく。不思議と心は静かだ。

俺は鍛冶師。兵士でも冒険者でもない。だったら、いっそのことこいつを素材のように見ちま

えばいい。アイアンベアの素材だって扱ったことがある。なにせ三十年も鍛冶師をやっているからな。まさかこんな生死がかかった局面で、自分なりの戦い方がわかるとは。

そんな気持ちを抱いたそのとき、異変が起きた。アイアンベアの身体に、所々黒い光が浮かび上がっている。ミリタルの斬撃を喰らった箇所、右前脚の爪先、左胸……。こ、これはなんだ？ 混乱に陥る直前、俺は気づいた。

あの光には見覚えがある。そう、鍛冶仕事をしているときによく見ていた。あれは……素材として質が悪い箇所を示す光だ。いつからか、俺は素材の悪い部分が黒く光って見えた。この場合は、さしずめ弱点というわけか。きっと、ここでも鍛冶師の経験が活かされているのだろう。

アイアンベアは四つん這いのまま右腕に力を入れた。また突進か？ 警戒心を強めたとき、地面の土が勢い良く飛んできた。目潰しだ！ ゴブリンと戦ったときのようにハンマーを突き出し防ぐ。いつの間にかアイアンベアは目前に迫っていた。目潰しを防ぐため顔を覆っていたら完全に死角だった。その左腕が振り上げられると同時に、俺もハンマーを振り上げる。爪の一撃を喰らう前に、心臓めがけて渾身の力で振り下ろした。

『グッアアアアア！』

アイアンベアの断末魔の叫び声が響き渡る。だが、力は決して緩めない。最後の最後まで気を抜くな。魔力の一滴も残さぬつもりでハンマーを握ると、目の前が白い光で覆われた。

光が収まったとき、俺は大きな穴の中にいた。俺の真下には四肢が爆散したアイアンベア。文字通り木っ端微塵になって息絶えている。な、なにが起きたんだ？

「先生、大丈夫ですか！」

「あ、ああ、なんとかな。ミリタルこそ怪我は平気か？」

ミリタルがザザッと穴の底まで下りてきた。彼女の顔を見ると安心するとともに、全身がどっと疲労感に襲われる。

「俺はいったい何をしたんだ？　というか、この穴は……」

「先生がハンマーを当てた瞬間、ものすごい衝撃波が轟《とどろ》きました。おそらく、その強い衝撃でこんな穴まで空いたのでしょう。……覚えてないのですか？」

「そうだったのか……なにぶん夢中だったからな」

ミリタルに肩を貸してもらいながら穴を登る。元いた場所に戻ってくると、コンフィちゃんが抱き着いてきた。

「デレートさまっ！　生きてて……生きててよかったです！　ものすごい衝撃だったから死んじゃったのかと思いました！」

「心配かけてごめんね、コンフィちゃん」

感極まって泣く彼女を慰めていると、周囲の森が騒がしくなった。新手がやってきたのかと緊張し、心臓が早鐘を打つ。

「ミ、ミリタルっ！」

「大丈夫です」

ガサリ、と現れたのはグロッサ軍の兵士たちだった。俺たちを見るや否や、大慌てで駆け寄ってくる。

「申し訳ございません、遅くなりました！　大丈夫ですか！　〝特例異常個体〟は⁉」

「問題ない。〝特例異常個体〟はデレート殿が倒してくださった。アイアンベアは穴の底にいる。念のため確認してくれ。二人の手当ても頼む」

ミリタルの報告を聞くと、兵士たちはテキパキと動き出した。ポーションや包帯を出したり、アイアンベアの状態を確認したりと、自然と役割分担されている。この辺りもさすがはグロッサ軍だな。手際よく動いていたが、兵士たちは穴の縁に来ると手を止めジッと中を覗き込んでいた。

「どんな衝撃が加わったらこれほどの大穴が空くんだ……」

「硬いと有名なアイアンベアが木っ端微塵だよ……」

「まるで隕石が落ちたかのようじゃないか……」

兵士たちに抱えられながら俺も撤退の準備を始める。身体はピシピシと痛いが、心は安心感でいっぱいだった。無事、アイアンベアの〝特例異常個体〟を討伐できたのだ。

◆◆◆

「先生、身体の調子は大丈夫ですか？」

「ああ、もう大丈夫だよ……いててて っ！　でも、まだちょっと痛むな」

俺は仕事がひと段落し、鍛冶場の隅で休んでいた。隣にはミリタルもいる。アイアンベアを倒してから数日後、日常が少しずつ戻ってきていた。もっとも、訓練への参加はしばらく休みだ。あの一撃は俺にも疲労やダメージを与えたらしく、節々が筋肉痛のように痛かった。国軍の医術師は骨や筋肉に異常はない、しばらくすれば治りますよ、と言ってくれた。やっぱり、全身の魔力を使うなんて芸当は四十のおっさんには堪《こた》えるな。

ミリタルも怪我をしたとはいえ、大事がなくて本当に良かった。回復魔法による経過もよく、あと数日もすれば完治すると聞いている。

結局、アイアンベアの素材は触れるだけで壊れるほど損傷が激しく、使い物にならなかった。俺の攻撃が原因の可能性もあるが、それ以上に元々かなり傷んでいたようだ。身体を覆う金属はおろか、爪や皮、牙など、全身の深部にいたるまで細かいヒビが入っていた。〝特例異常個体〟特有の再生力が切れて、本来の状態が現れたのかもしれない。そして、安心するにつれて俺には別の不安が湧き上がっていた。

「あ、あのさ、ミリタル」

「はい、なんでしょう」

勇気を出して、今まで気になっていたことを聞く。

「俺は森を壊してしまったわけだが……」

「ええ」

「……弁償ってしなきゃいけないよね？」

アイアンベアの〝特例異常個体〟は倒したが、その代わりドでかいクレーターができた。繰り返すが、だいぶ大きなクレーターだ。修理費はいったい金貨何枚分になる。〝ストーンツリーの森〟は国軍の管理下にあるようだが、俺はここ数日生きた心地がしない。冷や汗をかいていたら、ミリタルが笑いながら言った。

「弁償なんてするわけないじゃないですか」

「え、そうなの？」

「むしろ、強力な〝特例異常個体〟との戦闘を後世に伝える大事な場所として、整備を進めています」

弁償しなくていいと言われ、心のしこりがキレイさっぱり消え去った。なんとありがたい。いやぁ、今夜はよく眠れそうだな。

「ちなみに、クレーターの名前は私が決めました」

「へぇ～、そうなんだ」

ミリタルが名前をねぇ……も、もしや！　教えてくれなくていいからっ！　と言おうとした瞬間、我らが軍団長閣下はドヤ顔で告げた。

「〝デレートクレーター〟です」

「……やっぱり」

「え、なんですか、先生」

「あ、いや、何でもないよ。い、いい名前じゃないか」

やはりというか今回もというか、想像していた通りの名前だった。だから、どうしてこうなるんだ。彼女のネーミングセンスのな……いや、やめておこう。今さら何も言うまい。ある種の諦めを感じていたら、ドカドカっと慌ただしい足音が響いた。

「おい、デレート！　聞いたぞ！　クレーターにお前の名前がついたそうだな！　すぐキャンセルして僕の名前をつけろ……ぐあああ！」

「馬鹿言ってないで鍛錬な～」

シーニョンが何か叫んだかと思うと、センジさんが耳を引っ張り回収していった。シーニョンは、今では馬小屋から納屋に泊まれるようになったらしい。何だかんだ鍛錬を積んでいるから、少しずつ評価されているのだと思う。願わくば、このまま真面目に過ごしてほしいな。

「さて、私はそろそろ訓練に戻ります」

「ああ、引き留めて悪かったな」

「みな、先生が訓練に復帰するのを楽しみに待っていますよ」

兵士たちの訓練と言えば、アイアンベアを倒してから一際熱が入っているような気がする。休憩時間に鍛冶場へ来る者もいないし、今も鍛冶場の中にまで声が聞こえていた。

「みんなずいぶんと気合が入っているね」

「実は、これも先生のおかげなんです」

「俺の？　なんで」

「来てくだされればわかります。どうぞご一緒に」

ということで、ミリタルの後をついていく。俺のおかげってどういうことだろうな。鍛冶場の外に出ると、兵士たちが何を叫んでいるのかよく聞こえた。

「デレートさんが戦っているとき俺たちは何をしていた！」

「鍛冶師が頑張っているのに、この体たらくはなんだ！」

「一から鍛え直せ！　腕立て千回じゃ、おらぁっ！」

……なんだこれは。兵士たちはみな、俺の名前を口にしながら猛訓練している。元々真面目な人たちがさらに真面目に訓練しているのだから、なんかもうすごい光景だ。

「どうやら、先生のご活躍は彼らの心に火をつけたようですね」

「マジかぁ……まさかそんなことが」

ぽけ～っと眺めていたら、コンフィちゃんが走ってきた。見知った顔が現れ安心する。

「あっ、コンフィちゃ……」

「デレートさん、お疲れ様です！　軍団長閣下、外周一万周行ってきます！」

敬礼しながら言うと、コンフィちゃんは返事も待たず走り去ってしまった。一万周て……コンフィちゃん、死んじゃわないだろうか。おじさん、不安でしょうがないよ。

「毎日こんな訓練では兵士たちも疲弊してしまいますが、たまにはいいでしょう」

「そ、そうか」

ミリタルはミリタルで満足気に訓練を眺めていた。俺は自分が鍛冶師で本当に良かったと思う。

「軍団長閣下ー」

しみじみと実感していたら、コンフィちゃんが戻ってきた。もう一万周終わったのだろうか。

「どうした、コンフィ。もう一万周走ったのか？」

「いえ、まだ五周しかできてないんですが……グロッサ魔法学院から来客です」

「来客？　……ああ、今日だったか。私としたことが」

グロッサ魔法学院といったら、国一番の魔法学院だ。国軍には色んな人が来るんだなぁ。

「お久しぶりです、デレート様。十五年の月日は長いものでしたね」

突然声をかけられ、ドキリと振り向く。黒い髪の女性が俺の真後ろに立っていた。

間章　あなたのおかげで(Side:ミリタル)

〝特例異常個体〟を倒したあなたを見て、私は強く心を打たれていた。鍛冶師でありながら強敵を倒したこともそうだが、それ以上に覚悟が伝わってきた。

絶対に私たちを守るのだと。

足の怪我も無視できず、コンフィから離れるのも難しい状況で、あなたには感謝してもしきれない。十五年経った今でも、あなたは私にとって特別な人だった。

◆◆◆

私の家は、昔から転居が多かった。グロッサ軍の兵士である両親は、任務で各地を転々としていたからだ。同い年の少年少女と仲良くなる間もなく、すぐに別の地へ発つ。両親は家にほとんどおらず、昼も夜も一人……。そのような生活の影響もあったのか、私は引っ込み思案で自信のない娘として生きていた。

そんな私の人生に転機が訪れたのは八歳、両親の仕事の都合でリーテンに来たときだ。その年のことだけは今でもよく覚えている。先生、あなたに出会ったのだから。

「どうした？　道に迷ったのか？」

それが初めて先生にかけられた言葉だった。当時、私は散歩することが日課で、その日も家の周りをうろついていたと思う。道に迷い泣きながら歩いていたら、先生が勤めているギルドの前にいたのだ。ちょうど仕事が終わったのか、先生とばったり会った。泣いている私にアイスを買い、宥める男性は大人の余裕を感じさせた。

先生は私の話から家を見つけ出し、無事に送り届けてくれた。両親は相変わらず不在だったが、その日の私はいつもより温かい気持ちで満たされていた。

「ありがとう、おじちゃん。アイスおいしかった……」

「おじ……！　お兄さんはまだ二十五歳だからね～」

子どもの不躾《ぶしつけ》な発言に怒ることもなく去っていく先生。今思えば、その背中に親の面影を求めていたのかもしれない。それから、私はあのギルドへ通うようになった。

昨日の道順を思い出しつつ歩を進めると、どうにかあのギルドにたどり着いた。先日は聞こえなかった金属を打つような音が聞こえる。通りに面した窓から覗き込むと、たくさんの人たちが槌を振るう様子が見えた。しばし何をしているのかわからなかったが少しすると、どうやらあの人たちは鍛冶師で、ここは鍛冶のギルドなんだと理解した。そこから、昨日の男性もまた鍛冶師なのだろうとわかった。

今日もいるのだろうか？　そう思いながら視線を動かすと、右奥の隅にあの男性がいた。他の鍛冶師と同じように槌を振り上げては下ろしている。いや、同じようにというと語弊があるかもしれない。少しの雑談をすることもなく、ギルドの誰よりも真面目に、そしてたくさんの仕事をこなしていた。

私は十歳にも満たないただの子どもではあったが、一番真剣に仕事と向き合っている先生の姿は非常に印象的で、しばらく目を離すのも忘れて見つめていた。

結局、昼食を食べに一度家に戻っただけで、夕方の仕事終わりまでその日はギルドの前にいた。

「こんばんは」

「あれ？　また道に迷っちゃったの？　この辺りは入り組んでいるからな～」

「そうじゃなくて……来たくて来たの」

伝えると先生は不思議そうにしていた。鍛冶ギルドなんてマイナーな存在に興味を持つなんて珍しいそうだ。自然と互いに自己紹介となり、私は先生がデレートというのだと知った。

「デレートおじちゃんはここで何造ってるの？」

「デレートお・に・い・さ・ん！　は何でも造るよ。今日は剣を造ったね」

「剣……」

そう聞いた瞬間、心の中にいつもある不安が湧き出てしょんぼりしてしまった。不安は涙となって頬を伝う。慌てる先生に理由を伝えた。

――将来、お父さんたちみたいな立派な兵士になれるかな……。

両親が国軍の兵士、それもかなりの上役となれば私も優秀な兵士を志すのは必然だった。決して無理強いされているわけではない。しかし、自分で目指す以上、よりその不安は大きくなるばかりだった。先生は黙って聞いていたかと思うと、ちょっと待ってろ、そう言い残しギルドに帰った。しばらくして先生は戻る。その手に剣の玩具を持って。

「これ、おもちゃの剣だけどミリタルにあげるよ。今から練習していればきっとなれるさ」

渡してくれたのは子どもが両手で持てるくらいの小さな剣の玩具。子どものおもちゃながら、きちんと金属で打たれている。表面も滑らかで質の良さが窺えた。

「う～ん、剣の名前はどうしようかな……あっ、【神憑りの魔導剣：シンマ】はどうだ！　いやぁ、我ながら素晴らしい名前が思い浮かんだ。【シンマ】……良い名前だ」

自分で名付けた名前が気に入ったらしく、上機嫌に喜んでいる先生は見ていて楽しかった。

「さぁ、冒険者ごっこをしよう。ミリタルは兵士な。……ぐあああ、モンスターに襲われたー！優秀な兵士のミリタル、助けてくれー！」

「待ってて！　今助けるからね、おじちゃん！」

両親の任務でリーテンを発つまでの日々は、私の中でずっと輝いていた。

◆◆◆

「先生、本当にありがとうございました。こんなすごいことができる鍛冶師は二人といません」

「いやいや、俺なんかただのおっさんだよ」

先生に肩を貸す。がっしりした身体には、相変わらずあの頃のような安心感がある。謙遜した様子で柔らかく笑うあなたを見て、私は心の中で静かにお礼を言った。

——先生、いつもありがとうございます。

第六章　魔法学院の筆頭教官

「すみません……どちら様ですかね？」

「えっ……！　わ、わたくしはイズですよ！　デレート様！」

俺が尋ねると女性は固まった。黒くて長い上品な髪に、落ち着いた黒曜石のように黒く輝く瞳。右手には長い杖を持ち、青い差し色が入った黒いワンピースが清楚な印象だ。首元にはグロッサ国の紋章が刻まれたループタイをつけてるし、地位が高い魔法使いの人かな。耳には青い水晶みたいなイヤリングを垂らしていた。お淑やかかを形にしたような、なんかすごい美人だ。

誰だろう？　とぼんやりしていたら、女性の目から光が消えた。

「え……」

今度は俺が絶句する。別の意味で緊張しつつ、女性の顔を見ていたら過去の記憶がぶわっと蘇った。もしかして、この人は……。

「あのイズか？　昔一緒に遊んでいた……」

「覚えていてくれましたか！　はい、お世話になったイズです」

「ごめん、ようやく思い出したよ。いやぁ、立派になったな」

彼女はイズ。

十五年前、おもちゃを造っていた近所の子どもたちの一人だ。確か、この子には杖を造ってあ

げた気がする。目にも光が戻っており、よくわからずもなぜか安心した。イズはいくぶんかテンションが上がった様子で、ギュッと俺の手を握る。

「やはり、わたくしの愛は届いていたみたいですね。十五年離れていても、わたくしはひとときもデレート様のことを忘れたことはありません。そう、十五年離れていても」

「あ、ありがとう。俺もまた会えて嬉しいよ……って、なんかイズの顔赤くないか？」

ところで、俺たちはいつまで握手するのだろうか。おまけに、イズの頬は赤く火照っている。なぜだ。今日はそれほど暑くないはずだが。いや、むしろ涼しいような……？

「わたくしはデレート様を想うと、熱くなってしまうのです。常に想っているのですが、そうすると体温が上昇してしまうため、自動で冷風が出るイヤリングを開発しました」

「なるほど……？」

そういえば、イズの顔から冷たい風が吹いている気がする。あのイヤリングには魔法がかかっていたのか。というより、彼女は心が読めるのかな。だとしたら大変だ。どうしよ……と思っていたら、傍らで静かにしていたミリタルが耐えかねたようにイズの手を離した。

「さて……デレート殿はお疲れのところだ。手をどけてもらおうか」

「おや、軍団長閣下もいらっしゃったのですか。申し訳ございません、ご挨拶が遅れまして」

「いやいや、私もたった今、貴殿の存在に気づいたところだ」

イズの目からはまた光が消え、ミリタルは軍人モードがランクアップしている。なぜだ。さらには、周りの空気がピリピリしだす。イズはミリタルのコートをめくって例のミニ人形を確認すると、小馬鹿にしたように笑った。

「まだ人形など持っているのですか。物がないと想えないなんて……貧しい想像力ですね」

「……いいだろう。貴様とはいずれ決着をつけなければと思っていたところだ」

「よくわかりませんが、お二人ともまずは落ち着いて……」

コンフィちゃんはよくわかってない様子であわあわしていた。大丈夫、俺もだ。そういえば、昔から彼女らは反りが合わなかったような気がする。一緒に遊んでいる時期が少し重なっていたのだ。十五年経ってもそういうところは変わらないんだろうな。

「まぁまぁ、久しぶりの再会だし中でゆっくり話そうよ。何か用事があるんだろう？」

「ええ、そうなのです。今日はデレート様にお話ししたいことがありまして……」

イズが話し終わる寸前、彼女の後ろから甲高い男の声が響いてきた。

「まったく、相変わらず汚い場所だ！　男のむさ苦しい臭いがプンプンするわ！　イズ筆頭教官、その男は何者かねぇ⁉」

「……バイヤー教頭」

イズは一瞬がっかりすると、だるそうに振り返った。声がした方から、体積大きめな男性が歩いてくる。七対三で分けたと思われる茶色の髪に大きな丸メガネ。右手は腰に当てて、左手はしきりに口髭の先っぽをいじくりまわしている。重ねて言うが、全体的に体積が大きめな人だ。

「ワシの許可なく勝手にうろつくとは、筆頭教官の自覚がないと思われる。やれやれ、仕方がない。個人指導が必要だな。学院に帰ったらワシの部屋に来なさい」

「一足先にデレート様のところへ向かうとお伝えし、教頭も了承されたではありませんか……」

「記憶にない。ワシの記憶にないことは事実ではない。よって、イズ筆頭教官に全ての非がある」

な、なんなんだ、この男は。四十年間生きてきて、ぶっちぎりにヤバいヤツだ。あまりのヤバさに、コンフィちゃんも怯えた様子で俺の後ろに隠れちゃった。

「では、わたくしのミスで結構です。申し訳ありませんでした。……さて、この方が国軍の専属鍛冶師、デレート様です」

「こ、こんにちは、デレートで……」

「嘘を吐くな、イズ筆頭教官！　こんな小汚いおっさんが専属鍛冶師なわけないだろう！　さぁ、今すぐ帰るぞ。個人指導の時間だ。ワシの部屋に来なさい」

「デレート様は本当に素晴らしい鍛冶師です。そのような暴言は吐かないでください。バイヤー教頭の部屋にも行きません」

やたらと部屋に来いを繰り返す人だな。下心が丸見えでこちらの方が恥ずかしくなる。あと言わせてもらうが、あんたも十分おっさんだぞ。なんか……シーニョンと同じタイプな気がするな、と思っていたらミリタルがスッと前に出てきた。

「バイヤー教頭、デレート殿の腕前は私が保証する。前言撤回していただきたい」

「これはこれは軍団長閣下！　いらっしゃいましたか！　いやぁ、近頃目がとんと悪くなりまして！　本日も見目麗しいことで何より！　このバイヤー、恐悦至極でございます！」

ミリタルを見るや否や、打って変わってゴマすりモードに入るバイヤー。どうやら、人によって態度を変えるタイプのようだ。まぁ、今さらそんなことで何も感じないけどな。

「デレート！　お前の言う通りにやっているのにまた道具がブレイクしたぞ！　ちゃんとティーチングしろ！　僕はジーニアスな人間なんだ！」

シーニョン……なぜこのタイミングで……噂をすればってヤツか？　俺たちの間に虚無感が漂う。イズもまた、彼がどんな人間かすぐに理解したようだ。センジさんが慌てて暴れるシーニョンを引っぱっていく。

「も、申し訳ございませんっ。こいつ、物を壊すクセが全然抜けなくて……ほら、鍛冶の鍛錬に行くぞ！」

「待ちたまえ」

ふいに、バイヤー教頭が告げた。シーニョンとセンジさんはポカンと動きを止める。俺たちもまさか、バイヤー教頭が興味を示すとは思わなかった。

「そこの君、ワシの近くに来なさい。そう、金髪の君だ」

シーニョンは俺？　という顔をしながら、訝《いぶか》しげにバイヤー教頭の下へ歩く。

「僕に何の用だね？　言っておくが、僕はビジーなんだぞ」

「思った通り、素晴らしい人材だ。こんなところに埋もれているのはもったいなくてしょうがないな」

バイヤー教頭はシーニョンの身体をポンポンと叩いたかと思うと、張り付いたような笑みを浮かべた。なんて胡散臭いセリフだ。しかし、当のシーニョンはというと、曇りなき眼が輝いていた。

「僕が素晴らしい人材だって⁉　よくわかっているじゃないか！」

「ワシは君のような人間を探していたんだ。どうだ、ワシの下へ来ないか？　グロッサ魔法学院の特別教官にしてやるぞ」

「「⁉」」

その場にいた誰もが予想すらしていない言葉だった。彼は鍛冶師だぞ。魔法使いではないのに……。バイヤー教頭が何を考えているのかまるで理解できない。イズやミリタルも同様のようだ。

シーニョンは震えながらバイヤー教頭に確認する。

「そ、それは本当か……？　僕を魔法学院に？」

「もちろん、ウソではない。条件はそうだな……月給金貨三十枚にしよう。これはワシと同等の給金だ。さらに、君は一万人に一人の才能を持っているから、週休三日制を許可する」

「うおおおお！　僕が！　……僕が魔法学院のスペシャルインストラクター⁉　やっぱり僕はナチュラルボーン・ジーニアスだったんだー！」

俺たちが呆然としている間も、シーニョンは空高く拳を突き上げ大喜びしている。バイヤー教頭が彼を連れて行こうとしたとき、イズが叫んだ。

「お、お待ちくださいっ、バイヤー教頭！」

「そんなに大きな声を出さないでくれたまえ。まったく、何の用だね？　ワシは忙しいのだぞ」

「な、なぜ、彼を特別教官に任命したのです。理由をお聞かせください」

あまりにも当然すぎる質問だった。

「彼には才能があるからだ。教頭は特別教官の任命権があるから問題もないはずだ。忘れたわけではなかろう」

「才能とは何の才能でしょうか……」

「筆頭教官ごときに話すことではない」

もしかして……グロッサ魔法学院は深刻な人材不足なのだろうか。だって、シーニョンが特別教官になるくらいだ。だとすると、これは国の将来が関わる一大事だと思う。ちなみに、彼が魔法を使ったところは一秒たりとも見たことがない。

「思い知ったか、デレート！　これがアビリティの差だああ！　僕とお前じゃナチュラルボーンなランクが違ったようだなあああ！」

俺が魔法学院に思いをはせていると、シーニョンが心底嬉しそうな顔で罵倒してきた。俺をギルドから追放したときの彼が目の前にいる。バイヤー教頭が何やら呪文を唱えると、二人の足元に魔法陣が浮かび上がった。

「では、ワシらは一足先に転送魔法で学院へ戻るとしよう。今日は最高の収穫があったな。イズ筆頭教官、学院に帰ったらすぐワシの部屋に来なさい」

「デレートめ、一生僕にひれ伏すがいい！　ハッハッハッハッハッハッー！」

シーニョンの高笑いを残し、彼らは光に包まれ消えてしまった。

◆◆◆

「なんというか……お疲れだったな、イズ」

「お茶でも飲んで」

「ありがとうございます。デレート様、ミリタル……」

シーニョンたちが去った後、俺たちは鍛冶場の隅でイズをもてなしていた。お茶を飲むと、イズはいくぶんか落ち着いたようだ。

「あんな教頭がいるなんて大変そうだな」

「いえ、こちらこそお騒がせしてすみませんでした」

「イズが謝ることはないよ」

「そうよ。あなたは何も悪くないのだから」

イズは昔からとても丁寧な子どもで、自分が悪くなくても謝ることが多かった。

「さっき、筆頭教官って呼ばれてたね。もしかして、グロッサ魔法学院の？」

「ええ、まさしくそうです」

「そりゃあ、またすごい大出世だな。イズの力が世の中に認められて、俺も嬉しいよ」

そもそも、魔法学院に入学すること自体が難しい。その中でも、グロッサ魔法学院は断トツでトップだ。筆頭教官なんて言ったらミリタルの軍団長と同じくらいのレベルだろう。イズは顔を赤らめながら、持っていた杖をテーブルに置いた。

「デレート様に造っていただいた杖のおかげで、筆頭教官になれたんですよ」

「俺の造った杖……？」

【大魔導師の杖：ダイウォンド】
ランク：S
属性：聖
能力：持ち主とともに長い時間を過ごすことで、その者の魔力を何十倍にも増幅する。術者が放つ魔法には全て聖属性が付与され、詠唱の省略が可能となる。

なんだこれは。本体の部分はユグドラシルの枝。全体的に教会に納められている供物みたいな、複雑な装飾が取り巻いている。杖の先端には、白っぽい宝玉がくっついていた。イズは俺が造ったと言ったが、こんな杖見たこともないぞ。呆気《あっけ》にとられていたら、兵士や他の鍛冶師たちも感嘆していた。

「魔法学院の筆頭教官と知り合いなだけですごいのに。その杖まで造ったのか。デレートさんは、本当にとんでもない鍛冶師だな」

「剣やハンマーに始まって杖まで造れるなんて、隙のなさが素敵だわ」

「もはやデレートさんに作れない物は一つもないな」

実感の湧かない俺を取り残し、兵舎はおおお～！　と湧きたつ。

意外にも、鍛冶師が魔法使いの杖を造ることはそこまで珍しくない。良質な木材だけじゃなく、金属の装飾によっても魔法の質は変わるからだ。俺が信じられない気持ちで眺めていたら、イズが照れながら言った。

「デレート様に昔いただいた杖が進化したんですよ。ずっと肌身離さず大切にしてきました」

「なるほど……？」

マジかぁ。また進化かぁ。どうして俺が造ったおもちゃは進化するんだ。でも、確かによく見ると当時の面影が残っている。宝玉はたぶん、埋め込んだ中級ドラゴンの宝玉片《ほうぎょくへん》が元になった気がする。だとすると、持ち手の部分は使用したトレントの枝が進化したのだろう。

「今日わたくしが来た理由には、デレート様の杖も関わっています」

「ちょっと待って。話す前に少し場所を変えましょうか」

俺とイズはミリタルに案内され、すぐ横にある兵舎の会議室に移動した。ぱたりと扉が閉まると、さっそくイズが口を開く。

「デレート様は色んな方々に慕われているのですね。昔と変わらなくて安心しました」

「いや、周りの人たちが優しいだけだよ。専属鍛冶師になれたのもミリタルのおかげだからな」

「謙遜されるところも、先生は昔から変わりませんね」

ミリタルやイズと話しているとやっぱり懐かしいな。別れてから十五年も経っているのにまた会って話をしてくれるなんて……俺は本当に良い人たちに恵まれた。彼女らのためにできることがあったら、喜んで力になりたい。

「それで、イズ。相談ってなんだ？」

「はい。学院では今、聖属性の本格的な研究をしていまして、デレート様に色々とご意見を求めたいのです。聖属性の魔力が宿った武器は希少ですから、ぜひ製作者から話を聞きたく……」

「ああ、俺で良かったらもちろん構わないよ」

世の中には色んな属性の魔法があるが、聖属性は未だに謎が多かった。国内最高峰の魔法学院と言えど、まだまだ謎は明らかになっていないのだろう。

「ありがとうございます、デレート様。これで研究も飛躍的に進むことでしょう」

「聖属性には私も興味がある。今は任務もないし、少し見学させていただくからな」

軍人モードになったミリタルが告げる。イズの目から光が消えたのはきっと見間違いだろう。

学院までは馬車で数時間はかかるので、イズが転送魔法で送ってくれるらしい。鍛冶場からハンマーだけ持ってきた。

「では、お二人とも準備はよろしいですか？　《セインティア・テレポート》！」

イズが呪文を唱えると周囲が白い光に包まれ、年甲斐もなくワクワクしてきた。転送魔法ってどんなだろう。内臓が浮く感じとかするのかな。俺、あれが苦手なんだよな。そんなことを思っていたら、目の前が真っ白になった。

「お疲れ様でした。魔法学院に着きましたよ」

目を開けたら、俺たちは庭園のような広い敷地についた。目の前には、横に大きく広がる五階建ての建物。オフホワイトの壁に、濃いブルーの屋根がオシャレ。壁はレンガかと思ったが、貴重な魔石の塊だった。すげえ……。規模の違いに圧倒されるばかりだ。ちなみに、ほのかに心配していた内臓がフワッとする感じはなかった。

「ここがグロッサ魔法学院か。初めて来たけど、すごい立派な建物なんだな。いや、まぁ当たり前なんだろうけど」

「国軍の施設でもこんなに立派なのはなかなかありませんね」

「まさしく圧巻の風格だ」

ミリタルと一緒に、はぁ～と感嘆していたらイズも微笑みを浮かべながら話してくれた。

「この魔法学院は美しい学校です。この庭園も、日々の疲れを癒してくれる大切な場所になっています」

「こんな学校で勉強できるなんて羨ましいよ。生徒たちのモチベーションも上がるだろうな」

「私も一度くらいはこんな学校に通ってみたかったですね」

「校舎の美しさも入学の大きな理由になっているんですよ。まずは学院長先生の下にご案内しますのでついてきてください」

イズに案内され歩みを進める。彼女は手際もいいんだろうな。俺も見習わなければ……。きちっと整備された花壇の間を通り、校舎の正面玄関に入る。中もこれまた美しかった。屋根と同じ濃いブルーの床は磨きあげられ、廊下の両脇には金色の文字が描かれている。魔法の呪文かな。

廊下を進んでいると、イズは黒鉄色の扉の前で立ち止まった。

「ここが学院長先生の部屋？　やっぱり威厳があるね」

「いえ、そうではなくて、ここは鍛冶場なんです」

「魔法学院にも鍛冶場があるんだ。珍しいな」

「今よりずっと昔の話ですが、学院でも杖を造っている時期がありました。中には貴重な素材も残されていて、デレート様に先にお見せしておこうと思ったんです」

そう言って、イズは中に入れてくれた。国軍の設備よりやや狭いが、それでも立派な鍛冶場だった。火床の造りもしっかりしているし、道具もきちんと整備された状態で保管されている。今すぐにでも使えるだろう。片隅の棚には、イズが言うようにAランクやSランクの珍しい素材も大事に置かれていた。

見学もそこそこに鍛冶場を出て、グロッサ国の紋章が刻まれた扉の前にやってきた。言われなくてもわかる。ここが学院長のいる部屋だ。

「失礼いたします、学院長先生」

イズは何の緊張もなく扉を叩く。隣のミリタルをチラッと見たが、彼女も涼しい顔をしていた。どうやら、緊張しているのは俺だけのようだ。

「どうぞ、お入りなさい」

鈴が鳴るような美しい声が聞こえ、扉が自然に開いた。さすがは魔法学院。全部自動だ。

「学院長先生、デレート様をお連れいたしました」

「そなたがイズの杖――【ダイウォンド】を造った鍛冶師ですか。あら、軍団長のミリタルさんもいらっしゃったのですね。私は学院長を務めているエレナ・グロッサと申します。どうぞよろしく」

「よ、よろしくお願いします」

「お久しぶりでございます、エレナ様」

黒い革製の大きな椅子がくるりと回転してこちらを向く。ふんわりと座っていたのは、なんかすごい美女の人だった。トゥルントゥルンの銀髪に、髪と同じ銀色の瞳。はぁーっ、まさしく精霊みたいだ。……あれ、どこかで見たような……って、女王陛下では？　まさかの兼任？　疑問に思っていたら、イズが教えてくれた。

「学院長先生は女王陛下の妹君でいらっしゃいます」

「い、妹!?　君でいらっしゃるのですか。これはまた……」

どうりで似てると思った。まさか姉妹だとはな。……ちょっと待て。

「ということは有能に優しく……」

「無能に厳しい運営をしております」

緊張感が跳ね上がる。

「デレート様なら聖属性について良い意見をくださるはずです」

「良い成果を期待していますよ」

エレナ学院長の後ろの壁には、さりげなく鞭が飾ってある。なるほど、こいつは想像以上の大仕事だ。

「では、わたくしたちはこれにて失礼いたします」

お辞儀をして俺たちは部屋を出る。挨拶だけでどっと疲れた。

「さっそくですが、生徒と教員たちにデレート様をご紹介します。わたくしについてきてください」

「ああ、よろしく頼む」

「気を引き締めて行かないといけませんね」

廊下の先にある階段へと向かう。あと数十歩というところで、後ろから甲高い男の声が響いてきた。

「待ちたまえ、イズ筆頭教官！　ワシの部屋に来なさい！」

「バイヤー教頭……」

俺たちの間に虚無感が漂う。振り返ると、ついさっきの彼がいた。相変わらず口髭の先っぽをくねくねいじり、こちらを睨んでいる。

「デレート、一般ピーポーのお前が何の用だね？　スペシャルインストラクターとなった僕にレクチャーを乞いに来たのかな？」

さらにはシーニョンの外国語が炸裂。この二人を相手にしているだけでめちゃくちゃ疲れる。これ以上ないほど最悪な組み合わせだった。イズは努めて冷静に対応する。

「これから、デレート様を皆に紹介いたします」

「イズ筆頭教官、そのような薄汚いおっさんを本当に連れてくるとは、やはり個別指導が必要のようだな。ワシの部屋に来なさい」

「は、離してくださいっ！」

バイヤー教頭はイズの手を掴み、無理やり連れ去ろうとする。ので、彼の腕を掴んで止めた。

「んんん？　グロッサ魔法学院の英知を結集した存在である、誇り高いこのワシに歯向かおうというのかねぇ？」

「嫌がっているじゃないですか。やめてくださいよ」

「何を生意気な……くっ、このっ……！」

バイヤーの腕は脂肪が分厚く、握ると指が沈み込む。汗が滲んで気色悪いのだが、またイズを襲いそうで離すに離せなかった。

「あなたは色々と横暴すぎますよ。教頭だからって何をしてもいいわけではないでしょうに」

「は、早く離したまえっ。ワシはグロッサ魔法学院の地位と名誉が具現化した存在である教頭だぞっ。恥を知れっ、田舎者」

「イズの嫌がることをやめますか？」

埒《らち》が明かないので少し強めに力を加える。教頭はなおも、ああだこうだ喋っていたが、やがて観念したように言った。

「……チッ！　わかったから離せ。それと嫌がることなんて人聞きの悪いことを言うな。ワシは個人指導を勧めているだけだ」

「いいか、デレート。ワンダフルな僕からアドバイスをくれてやる。今すぐ、ここからエスケープしろ。それがお前を救う唯一のメソッドだ」

手を離すと、シーニョンとバイヤー教頭は捨て台詞を吐きながら引き返して行く。廊下を曲がったところを見届けると、イズがバッと頭を下げた。

「騒がしくて申し訳ありません、デレート様、ミリタルさん」

「いや、全然気にしていないから大丈夫だ。むしろ、謝るのは俺の方だよ。うちのシーニョンが迷惑をかけてすまん」

「あんな人が上司なんて大変ね……。私たちはあなたの味方だから」

「……ありがとうございます、お二人とも。わたくしは大丈夫です。まぁ、慣れてますので」

慣れてるというイズの顔には、小さな暗い影が差していた。日頃から絡まれてしまっているのかもしれない。学院にいる間に、彼らを反省させられればいいのだが。

なんか……あんなヤツってどこにでもいるんだな。グロッサ魔法学院なんて立派な学校にもいるとは。そう思っていたら、さて、とイズはあえて明るく言った。

「何はともあれ、デレート様を生徒たちにご紹介しましょう。みなも楽しみにしていると思いますよ」

イズに案内され、俺たちは生徒や教員たちが待つ講堂へと向かっていった。

間章　ムカつく鍛冶師と女たち(Side：バイヤー)

「チッ！　あのクソ鍛冶師め。ワシは非力でか弱い魔法使いなんだぞ。力で勝とうとするなんて卑怯極まりない男だ。お前だけは絶対にワシの部屋に入れないからな」

教頭室に戻ったワシは、イズが連れてきた鍛冶師にずっと悪態を吐いていた。見るからに田舎者のみすぼらしくて冴えない男。たしか、デレートとか言ったな。ワシの右腕を赤くしおって……許せん。絶対に復讐してやるぞ。一度怒りの感情に囚われると、次から次へと怒りが沸いてくる。

しかも、あのデレートは軍団長のミリタルまで連れていた。本来なら、あいつのポジションはワシであるべきなのに。

「ワシを差し置いて許さんぞ、デレート！　イズもイズだ！　ワシの誘いを断りおってええ！」

……ぬあああああ！」

あの女には、入学時点からずっと目をつけていた。そよ風になびくさらさらの黒髪に宝石みたいな瞳。他の女とは明らかに一線を画している。だから、ワシは特別目にかけてやっていた。なのに……。

「なぜワシの部屋に来ないのだあああ！　これだけ素晴らしい男であるというのにいいい！　おかしいだろおおお！」

というより、この学院の女どもは一人もワシを相手にしていない。教官も生徒もだ。グロッサ魔法学院の教頭といったら垂涎の的！　なのに、なぜ誰の一人も言い寄って来ない！　ストレスで奇声を上げていると、ふと後ろに気配を感じた。

「それで、僕は何をすればいいんだい？」

振り返ると、金髪の中年男が立っている。期待がこもった輝く目でワシを覗き込んでいた。こいつは先ほど、国軍の本拠地から連れてきたモブ鍛冶師だ。今後の計画にちょうどいい人柱になると思った。

「今は何もしなくてよい。とりあえず、静かにしていたまえ」

「まずは着替えを用意してもらおうか。ジャケットとスーツはコットンがいいな。カラーはブリリアントなブルーがベストだと思う。シューズは牛革にしてくれたまえ。ちなみに、僕の御用達ブランドは〝コンシャスネス・ハイタイプ〟だ」

「は、はぁ？　着替えなど用意するわけないだろうが」

「いや、用意したまえよ。魔法学院のスペシャルインストラクターともなれば、こんなワークウエアでは示しがつかないじゃないか。……まさかＴＰＯを知らないのか？　タイム・プレイス・オケージョンのことだよ」

な、なんなんだ、こいつは。今まで接したことがない種類の人間に少々困惑するも、どことなくワシと同じ雰囲気を感じた。何を言っているかは塵ほどもわからないが、適当に話を合わせることとする。

「まぁ、衣服はそのうち準備してやる。それまでは今の服で我慢しなさい」

「まったく、早くしてくれたまえよ。とはいえ、さすがは魔法学院の教頭だな。他の人間とは見る目がディファレントだ。まさしく、エフォートが報われた気分で心底ハッピーだぞ。ちなみに、僕はどこに泊まればいい？　まさか、馬小屋じゃないだろうな」

つらつらとよく喋る男だ。まぁ、信頼を得るためにも聞こえの良いことを言っておくか。

「心配するな。特別に魔法学院の寮に泊まらせてやる。来賓用の特別な部屋だ」

「エクセレント！　僕にふさわしい待遇じゃないか。……しかし、そうなると馬たちとのひとときが恋しくなるな……」

「なんだ？」

「いや、こっちの話だ」

この男は外国語を多用することから、実は優秀なんだろうとわかる。隠そうとしても滲み出てしまう有能感。そこもまたワシにそっくりじゃないか。そう思うと、だんだん愛着が湧いてきた。

「君は何という名前だったかね？」

「よし、セルフ・イントロダクションといこう！　僕はシーニョン！　リーテンでギルドマスターまで勤め上げたナチュラルボーン・ジーニアスマンだ！　いやぁ、パーソナル・コネクションが広がっていくなぁ！　ハハハハハッ！」

「ワシと知り合えたことに感謝するがいい！　ゲゲハハハッ！」

シーニョンと肩を組み笑い合う。初対面の人間とすぐ信頼関係が築けるのも、ワシの素晴らしい長所の一つだ。

「ご機嫌のようですね、バイヤー様」

「エージェンか！　待っていたぞ！」

教頭室に入って来たのは、イズと同じ黒髪の美人。表情が希薄なのがややもったいないが、それでもイズたちに負けず劣らずの美女。すかさず、シーニョンは顔を輝かせ歓喜の声を上げる。

「素晴らしい美女がいるじゃないか！　僕にもイントロダクションしたまえ！」

このわかりやすさだけはワシと似ていないな。

「こいつはエージェン。ワシの秘書だ」

つい最近、内密にワシの秘書となった女だ。グロッサ魔法学院とは何の繋がりもない、元は完全な部外者だ。それなのに雇った理由は二つある。

「バイヤー様の良さがわからないとは、あの女たちの目は曇っていますね。こんなにも素晴らしい殿方は二人といませんのに」

「お前もそう思うか！　さすがはエージェンだ！」

「バイヤー様は何も間違っていません。むしろ、間違っているのは世の中なのです」

「そうだ！　間違っているのは世の中だ！　ワシではない！」

こいつはワシの価値をわかっている！　美人な上に聡明な女と来たら、秘書に最適だろう。そう、美人な上にな。未だかつて、こんなに理想の女と出会ったことはない。とうとうワシのことをわかってくれる女と出会えたぞ。

「さぁ、ベッドに来なさい。ベッドに来なさい。ベッドに来なさい」

エージェンの腰を掴もうとしたが、さりげなく躱された。ワシの手は空を切る。

「少々お待ちください、バイヤー様」

「な、なんだね」

ワシの価値がわかると言いながら、こいつは肝心なところで逃げる。いい加減にしろ。翻弄されているようでイライラするではないか。

「例の件が無事達成された場合は、この身はバイヤー様に捧げますゆえ。それに、お楽しみは後に残しておいた方がより期待が膨らみますよ」

「ほう……」

たしかに、エージェンの言うことには一理ある。楽しみは残しておいた方が、後々倍増するからな。ワシが見つけた真理だ。それに、襲おうと思えばいつでも襲える。華奢《きゃしゃ》な女など、ワシの手にかかれば一捻りだ。

「では、あの件を先に優先するとしよう」

「さすがは、グロッサ魔法学院の偉大なる教頭バイヤー様ですね。理解がお早い」

褒め称えられて気持ちが盛り上がる。そうだ、こんな反応をずっと待っていたのだ！　イズとミリタルに聞かせてやれないのが残念極まりない。

「そして、バイヤー様。デレートのことでございますが……」

「なんだ？　貴様もあの男が気になるのか？」

「あんなヤツより僕の方がチャーミングだろう！」

せっかく忘れかけていたのに、エージェンの一言で思い出してしまった。ワシより千億倍も冴えないくせに、美女に囲まれたおっさん。ぬうう、許さん。なぜワシじゃないのだ。

「いえ、そうではございません。私はバイヤー様にしか興味がありませんので」

「だったら先にそう言わんか。心配になってしまったぞ」

そうかそうか。お前はワシにしか興味がないのか。それにしても素晴らしいセリフだ。これからは毎日言わせることとしよう。

「例の件を利用して、デレートも一緒に始末したいのです」

「ああ、それは良い案だ。あいつも殺してしまうか」

「私のバイヤー様に恥をかかせた罪は重くございます。死をもって償っていただきましょう」

す……素晴らしい。たったそれだけの言葉で、この女がどれだけワシを大事に想っているかが伝わってくる。イズも見習え。この心意気がワシの女である最低条件だ。個人指導で教え込まないといけないいな。

「では、早急に準備の方を進めておけ。ワシらもすぐに行く」

「はっ、承知いたしました」

そう言うと、エージェンは闇へ溶け込むように消えた。この女は本当に神出鬼没だ。しかし、そんなことはどうでもいい。

——デレートめ。ここに来たのが運の尽きだ。今に亡き者にしてやるぞ。

そして、お前が自慢げな顔で連れているイズとミリタルをワシの物にする。まぁ、元々ワシの物だから、所有権が元の持ち主に戻るだけだがな。全ての事が済んだら、二人とも直ちにワシの部屋に来なさい。ゲゲハハハッ！

追放されたおっさん鍛冶師、なぜか伝説の大名工になる
～昔おもちゃの武器を造ってあげた子供たちが全員英雄になっていた～

第七章　聖属性の杖

「皆さま、こちらがわたくしの杖を製作されたデレート様です」

「こ、こんにちは」

イズに講堂へと案内された俺は、生徒や教員たちに紹介されていた。国一番の魔法学院ということもあるためか、彼らをまとう空気はやや硬い。

生徒は十歳にも満たない子どもから、二十歳手前の青年まで幅広かった。みな利発そうで、小さな子どもですら俺より大人っぽく見える。教員たちに至っては、厳格すぎて顔が彫刻のようになっていた。

「あの人がイズ先生の杖を造った人か。結構ベテランな人なんだね」

「ベテランというか単なるおっさんというか……微妙な線だ」

「あまり威厳というものを感じません。本当にイズ教官の杖を造ったのでしょうか……」

疑問と称賛の声。ミリタルのときと同じように半信半疑のようだ。いや、俺もそう思うよ。いきなりこんなおっさんが出てきたら不安になる。

「デレート様はわたくしの杖以外にも、聖属性の武器を多数製作されてらっしゃいます。お手持ちのハンマーも聖属性ですし、グロッサ軍軍団長、ミリタル殿の剣もまたそうです」

ミリタルが剣を見せると、講堂のざわめきはさらに大きくなった。軍団長の説得力は強く、さっきよりは信頼感が増したらしい。それでも、実際に見ないと心から信頼できないだろう。イズもそう感じたようで、俺に杖の製作を頼んできた。

「デレート様、せっかくなので新しい杖を造ってくださいませんか？　実際に造ってみせれば、彼らも信頼すると思うのです。素材と鍛冶場は学院の物を使ってもらってよろしいですから」

「ああ、もちろんいいよ。造ろうか」

「ありがとうございます。やはりデレート様は聡明な方ですね」

イズはその旨を生徒たちに伝え、俺たちはあの鍛冶場へ向かう。学院長の部屋へ行く途中にあった鍛冶場だ。歩きながらも自然と気合が入る。聖属性の杖か……今回もしっかり取り組まないとな。

鍛冶場に着いた俺は、さっそく素材を選ぶ。最初に道具を確認したが、どれも壊れてないし、すぐにでも使えそうな物ばかりだった。埃も積もっておらす、定期的に掃除されているのがわかる。

ただ、いつもと違うのはギャラリーの質と量だ。国軍の兵士と魔法学院の生徒ではだいぶ空気が違う。背中にある種の刺すような視線を感じていた。

【ユグドラシルの枝】
ランク：S
属性：木

説明：世界の中心にあるとされる世界樹の枝。多大な魔力が込められているが変換効率が悪く、杖の製作には適さない。

【滅壊石】
ランク：A
属性：無
説明：魔力との相性がよく保存・増幅できる性質もあるが、非常に脆く壊れやすい。

【獅子イロガネ】
ランク：S
属性：火
説明：燃え盛る獅子の体内で生成されたとされる、火属性の魔力が詰まった金属。熱するとあっという間に高熱となり溶け出してしまうため、加工が難しい。

【アダマスタイト】
ランク：S
属性：無
説明：世界三大最硬石の一つ。物理的な強度はもちろんのこと、魔力による衝撃にも強い。

【フリーズ石】
ランク：S
属性：氷
説明：触るだけで凍ってしまうほど冷たい鉱石。炉に入れてもなかなか溶けず、加工の難易度はトップクラス。保管するには特殊な容器が必要。

いつもなら低ランクの素材を活かす方向で製作プランを考えることが多いが、今回は高ランクの物で造ることとした。手を抜いているのでは？　と勘違いされたら不信感が強まりそうだからな。その代わり、あえて加工が難しい素材を選んだ。うまく製作すれば彼らも信頼してくれるだろう。火床に火を入れ、揺らめく炎をジッと見る。こんな俺を紹介してくれたイズのためにも頑張れ、デレート。

一般的に、杖は素体の木材と金属の装飾から構成される。木材を通して伝わった魔力を、金属部分で増幅するからだ。特に金属の加工が肝となるが、まずは【ユグドラシルの枝】をナイフで粗く削っていく。表面はザラザラとなったが、この後加工を控えているのでこれくらいで十分だろう。削ったことで枝の中の魔力が滲みだす。手がじんわりと温かくなるくらいだから、膨大な魔力が含まれているとわかる。

しかし、魔力の通りが悪いのでは杖として致命的だ。そこで、考えた解決策が【滅壊石】を杖に混ぜることだった。手ですり合わせるだけで崩れるほど脆いが、この場合はメリットだな。ノミで杖の全体に小さな穴をあける。そこに砕いた【滅壊石】を入れては槌で細かく叩く。木材としての欠点を鉱石の利点で補うのだ。魔力の通りが悪い木材ならば、魔力と相性が良い金属を入れてしまえばいい。

杖の先端には【アダマスタイト】を設置しよう。聖属性の魔力は強力だから、放出に耐えられる強度の鉱石が必要となる。この鉱石も硬いことで有名だが、へき開面をよく見切って力を加えれば簡単に削げていく。ナイフでさくさくと丸くしていたら、生徒たちのどよめきが聞こえてきた。

「【アダマスタイト】は世界三大最硬石じゃないの？　すごい簡単に切れてるけど……」

「きっと、コツとかがわかっているんだよ。あのナイフだって魔法もかかってない単なるナイフだし」

「彼は思ったよりきちんとした鍛冶師なのかもしれませんね」

思ったよりきちんとした鍛冶師って……。おそらく、教員のセリフだろう。【アダマスタイト】を杖の先端にセットしたら、一番重要な聖属性の付与だ。これは【獅子イロガネ】と【フリーズ石】をうまく使って解決したい。

火と氷、この二つの属性を聖属性に変換できるような杖はどうだろう。元々の属性をうまく利用すれば、使用者の消耗も防げるはずだ。どちらもSランクで加工は難しいとされている。でも、工夫すれば何の問題もない。通常冷たくて溶かすこともできない【フリーズ石】は、溶かした

【獅子イロガネ】で熱してしまえばいいのだ。まぁ、こんな芸当ができるのも、学院に良い素材が揃っていたからだな。

「僕、【フリーズ石】が溶けたところなんて初めて見たな。まさか、あの石が溶ける光景が見られるなんて……」

「そういえば、あの石を溶かす特別試験をクリアできた生徒は一人もいなかったな」

「今度の試験では【獅子イロガネ】を使うか……」

配合は【フリーズ石】を多くしたので、混ぜ合わせるとすぐに冷却が始まった。急いでトングで掴み装飾を形作っていく。聖なる光線が【アダマスタイト】の周りを、輪を描くように飛び交うイメージだ。最後、全体的な研磨を終えると待ち望んだ杖が完成した。

【聖なる御杖：カシードラ】
ランク：S
属性：聖
能力：火属性と氷属性の魔力を倍増し、聖属性に変換できる。

「Sランクの杖ができたぞっ！　本当にイズ先生の杖を造った人だったんだ！」

「あんな加工が難しい鉱石から造れるなんて本物だな」

「優秀な鍛冶師であると認めましょう」

鍛冶場は拍手と歓声で包まれる。イズが少女の生徒に持たせ、火属性の魔法を使うよう伝えた。少女が《ファイヤーボール》の呪文を唱えると、白い火の玉が現れる。聖属性の証である白い魔力だ。それを見て、一段と盛り上がる生徒と教員たち。ああ、良かったと安心していたら、彼らに囲まれていた。えっ？

「すみません、僕はあなたのことを見くびっていました！　いやぁ、すごい鍛冶師なんですね！」

「私の杖も作ってくれませんか⁉　聖属性の魔法を使ってみたいんですよ！」

「聖属性について貴殿の意見を求めたいと思います。まず、他の属性と違う点についてですが……」

「ちょ、ちょっと待ってもらっていいですか？　喉渇いちゃって……」

水を飲む間もなく、生徒には杖製作のスケジュールを勝手に決められ、彫刻のような教員たちに講堂へと連れて行かれる。イズとミリタルはというと、満足そうに俺を眺めていた。……見てないで助けて？

間章　大いなる力（Side：バイヤー）

「用意ができました、バイヤー様。こちらに来てくださいませ」

「よし、いいぞ。とうとうこの日が来たな」

ワシは学院の地下で秘密裏に製作した、非常に広い地下室へと来ていた。ここは他の教員はおろか、学院長ですら知らない。ずっと抱いている野望を成就するため、日々コツコツと準備を重ねてきた。

「ずいぶんとワイドな部屋じゃないか。君の自室かね？　しかし、インテリアのセンスはいまいちだな。しょうがない、僕がアドバイスしてあげよう。まず、全体的に暗すぎる。ダークブラウンは今のポピュラーだが、君はダウナーな印象なのだからせめて部屋はブライトにするべきだ。それでは女性にモテないぞ」

この部屋にいるのは、ワシとエージェン、そしてシーニョンと名乗ったモブ鍛冶師。他の者が言ったら八つ裂きにしてやるほどの無礼極まりない発言だったが、同類の好《よしみ》ということで見逃してやった。シーニョンがブツブツと独り言を言っている隙に、エージェンと準備を進める。

四隅にあるランプ型をした魔道具に魔力を注ぎこんだ。これから行う儀式の効力を何倍にも増幅させるのだ。中央のテーブルで最後の魔法陣を描き込んでいたら、エージェンがワシの手をそっと握った。

「バイヤー様が国を獲る日はもうすぐそこですね」

「いかにも。思い返せば、何年も、いや何十年もこの瞬間を待っていた気がするな。ワシが王になったら、お前は王妃だな」

「わかっておる。それこそ、歴史に刻まれるほど盛大なクーデターを起こしてやるわ」

「国中が大混乱となるくらいの派手な聖戦を期待しております」

　これから、ワシはこの国を獲る。ワシは魔法学院の教頭などという立場に収まる人間ではないのだ。グロッサ魔法学院の生徒及び教員を裏から操り、クーデターを起こす。国軍に比べれば数は少ないが、こちらには魔法の優秀な人材が揃っている。不意をつけば勝利は難しくない。しかも、ワシは表には出ず安全地帯にいればいい。国が転覆したところで国王の座を奪う。

　一滴の血も流さず無傷でな。あまりにも完璧すぎる計画に、我ながら惚れ惚れする。準備はうまく進んでいたが、一つだけ決定的に足りない要因があった。そう、闇属性の力だ。

　人を含む生き物を操る魔法は、闇属性以外にはない。しかし、人間に闇属性の魔法は使えない。古今東西、あらゆる書物を調べたが、その事実はより明確な物となるだけだった。

　ワシ自身、操作魔法の開発に尽力したが終ぞ完成することはなく、計画は頓挫するかと思われた。そんなとき、救世主のごとくエージェンが現れたのだ。

「バイヤー様、これが以前から話をしていた闇魔法の宝玉でございます」

「おお……美しい……なんて美しい宝玉だ」

【ダークネス・パワーストーン】
ランク：S
属性：闇
効果：高純度な闇属性の魔力が封じられた玉。割ることで闇属性の魔力があふれる。

エージェンが差し出したのは、黒色の渦が輝く宝玉。これこそが、この女を雇った二つ目の理由だ。非常に強力な闇属性が収められている。

ワシも長らく魔法学院にいるが、こんな代物は初めて見た。どうしてこの女が持っているのかはわからないが、今のワシに一番必要な物だった。

「この宝玉を割ることで、バイヤー様に闇属性の魔力が宿ります。人体にとって危険な魔力ではございますが、バイヤー様ならば完全にコントロールできることと思います」

「ああ、もちろんだ。ワシも闇魔法の魔法については研鑽《けんさん》を深めている。必ずや自分の物にしてみせるわ」

壁や天井に刻まれているのは、ワシが開発した魔法陣。探知魔法を含む、外からのあらゆる魔法は無力化するが、中からの魔法は通すという非常に高度な術式だ。

この部屋で生徒や教員を操れば、ワシの存在を探知されることはない。術式の開発には、ゆうに数年はかかった。時間は要したが、己の野望が果たされるのであれば必要な時間だったと言えよう。

「さあ、バイヤー様」

「う、うむ……」

　エージェンから宝玉を受け取る。あとはこれを割るだけで良いのだが、ワシは慎重な人間だ。万が一、闇魔力が暴走して被害を被ったら大損だ。大事なクーデター前に余計な怪我はしたくない。破壊だけは別の人間にやらせるべきだ。そのために、わざわざあいつを連れてきたのだ。

「おい、シーニョン。こちらに来たまえ」

「シーニョンさんだろ。教頭ならもっと部下に敬意を払うべきだよ。……でも、まぁいいか。今日は僕にとってもアニバーサリーだから見逃そう」

　さすがのワシも腹が立ってきた。いくら同類の好と言えど、最低限の礼節は弁えているべきだ。いや……この際もうどうでもいい。大事な計画の実行は目前だ。ありえないとは思うが、逃げ出されでもしたら全てが破綻してしまう。割るといった単語は使わず、落ち着いて甘い言葉をかけ意のままに操るのだ。

「ワシはその素晴らしい才能を借りたいのだ。この宝玉には絶大なパワーが宿っているが、取り出すのに難儀している。そこで、君の鍛冶師としての類いまれなる能力を発揮し、宝玉の力を解放してほしいのだ」

「なんだ、そんなことか。で、具体的にはどうすればいいんだ」

「まずは宝玉を持ち、立っているだけでよい」

「ふーん」

触ったこともない人間に宝玉を触らせるのはやや不安だったが、ここまで来たらしょうがない。大事な宝玉を持たせる。

「無事に力を取り出せたら、お前にも分け与えてやる。憎きデレートだって簡単に倒せるぞ」

「おおっ！　そいつは楽しみだ！　今に見ていろ、デレート。八つ裂きにしてやる……！　ついでに、お前の大事な女どももなぁ！」

こいつを通してワシの魔力を宝玉に注ぎ込む。たとえ闇属性が暴走しても、こいつとの繋がりを断ってしまえばいいのだ。

「さあ、君の力を見せてくれっ！」

「ふんぬっ……！」

シーニョンは宝玉を力いっぱい手で押している。まったく、腕力で割れたらどれだけ楽か。

ワシも精神を集中し、魔力の純度を高める。シーニョンを介して一気に注いだ。わずか十秒ほどで心臓の鼓動が強くなり呼吸も荒くなる。やはり相当硬いようだ。だが、ワシはグロッサ魔法学院の教頭まで務めている優秀な男。これくらい造作もない。

やがて、一分も経たずに宝玉は砕け散った。瞬時に黒いもやが噴き出す。

「や、やった！　どうだい、僕のおかげでうまくいったぞ！」

「どけっ！　愚か者！　……大いなる闇の力よ、この身に宿れ……《ダーク・アブソーブ》！」

文献で調べた闇魔力吸収の呪文を詠唱する。黒いもやは霧散する前に、全てワシの身体に吸い込まれた。全身が黒いオーラをまとっている。成功だ。

「素晴らしい……」

身体が力で満たされていくのを感じる。今ならどんな敵でも倒せるだろう。エージェンがパチパチと拍手していた。

「お見事です、バイヤー様。これほど力のある魔法使いを、私は見たことがありません」

「ゲゲハハハッ、あまり褒めるな」

さっそく生徒と教員どもを操ろうとしたら、シーニョンが掴みかかってきた。

「おいおい、ちょっと待ってくれ。僕にもパワーをくれるんじゃなかったのか？　プロミスくらい守ってほしいな」

ああ、うるさい。お前はもう用済みなんだ。適当に追い払うか。

「それは後だ。まずワシがこの力をコントロール下に置くから、お前はその間に飯でも食ってろ。教官専用の食堂を使ってくれて構わん」

「なるほど、君にしてはグッドアイデアじゃないか。魔法学院のダイニングはどんなに良い設備か楽しみだ。メニューはなんだろう。サーロインステーキが食べたいな」

シーニョンは上機嫌で地下室から出ていく。あいつを操作すると計画が台無しになりそうだな。生徒と教員に絞って操作だ。

「……大いなる闇の力よ……その力をもってあらゆる存在を操りたまえ……《ダーク・マニピュレイト》！」

ワシの身体から黒い光が放たれ、壁や天井へ染み込むように溶け込んでいく。有無を言わさず

操る闇の力だ。これからグロッサ魔法学院を手中に収め、クーデターを決行する。エージェンも
その陶器のような顔にうっすらと微笑みを受かべていた。
さあ、今こそバイヤーの名を国に、世界に轟かすのだ！　ゲゲハハハッ！

tsuihou sareta

OSSAN KAJISHI,

nazeka

densetsu no daimeikou ni naru

第八章　あふれる闇の力

「……では、次の質問に移ります。聖属性と相性が良い属性は何でしょうか」

「えっと、特に火と雷属性……ですかね。でも、武器の素体としては、このハンマーのように無属性の素材を使うことも重要です。属性が宿っていない分、素直に受け入れてくれるので」

杖を造った後、俺は講堂の壇上で色々と質問に答えていた。ミリタルとイズは一番前の椅子に座って、ご満悦な顔で俺を見ている。たまに手を振ってくるのだが、あいにくと振り返す余裕はなかった。

イズが訪ねて来たときに言っていた通り、今学院では聖属性の研究が盛んなようだ。教員はもちろんのこと、生徒たちも熱心に質問してはメモを取っている。若い人たちが頑張っているのを見るのは、それだけで気持ちが爽やかになるもんだな。彼らもきっと、イズみたいに優秀で頼りになる魔法使いとなるのだろう。俺は単なるおっさんの鍛冶師だが、若人の成長に寄与できていると考えると誇らしかった。

「みなさん、他に質問はありませんか？　こんな機会は……またと……ないですよ……？」

司会役の教員がみんなに呼びかけるが、何やら様子がおかしい。呼吸が荒く、脂汗をかいていた。体調を崩してしまったのかと心配になる。

「あの、具合は大丈夫ですか？　一度休憩しましょう」

「い、いえ、構いませ……ぐぅぅっ！」

　突然、教員は首を押さえて立ち上がった。苦しそうに目を見開いている。

「え！　ど、どうしましたっ……うぉっ！」

　慌てて教員を揺すっていると、力強く振り払われてしまった。ミリタルとイズが飛ぶようにやってくる。俺を突き飛ばした教員は、すでに身体を黒いもやで覆われていた。ミリタルが剣に手をかけ、厳しい表情で呟く。

「闇属性の魔力を感じます。先生は私の後ろにいてください」

「ミリタルさんの見立ては間違ってなさそうです」

　講堂を見ると、他の生徒や教員たちもまた同様に苦しんでいた。彼らの足元には黒いもやみたいな物が渦巻いており、その身体にオーラのように纏わりついている。

　生徒と教員は、フラフラと俺たちを取り囲んだ。みな、目が黒くなっており明らかにおかしい。見たことすらない光景に緊張し、背筋が凍るような感覚を覚えた。

「い、いったいどうなっているんだ」

「闇魔法に操られている可能性があります。二人とも、わたくしから離れないでください」

　イズがそう言った瞬間、いっせいに手の平を向けられた。黒いもやがボールのような形になったかと思うと、俺たち目がけて勢い良く飛んできた。

「《セインティア・バリア》！」

　すかさず、イズが魔法を唱えて白いドーム状のバリアで守ってくれた。彼らの攻撃は弾かれ、空中へと消えていく。

「あ、ありがとう、イズ。助かったよ」

「やはり、みな闇の力に操られてしまっているようです。今の攻撃にも闇属性の魔力が宿っていました」

「そうなのか……しかし、俺たちはどうして平気なんだろう」

「闇属性と聖属性は相対する関係なので、わたくしたち聖属性の武器を扱う者には効果がないものと思われます」

　どうりで、俺たちは無事なわけか。いつも武器を持っているから、身体にも少しずつ聖属性の力が宿っているのかもしれないな。

「しかし、イズ。この状況はどう打開する？　彼らが操られているとわかった以上、私もうかつに手は出せない」

「解放するには、彼らを操る大元の存在に魔法を解かせないといけません。まず、ここはミリタルさんの分身を作って何とかしましょう。ミリタルさん、こちらへ来てください」

　イズはミリタルの肩に手を当て呪文を唱える。

「《セインティア・スピリットクローン》」

　ミリタルの身体がうっすらと白く光り、彼女の風体をしたスピリットがいくつも現れた。バリアを抜けては生徒や教員たちに立ち向かう。

「す、すごい……ミリタルみたいな精霊がたくさん出てきた」

「これもあなたが新しく開発した魔法なの？」

「ええ、分身体を作る魔法です。強さは元となった人間の実力に比例しますが、ミリタルさんならば十分すぎます」

イズが言うように、ミリタルの分身は生徒や教員をがっしり捕らえ、動きを封じ込めていた。

だが、いつまでも止められるわけではないし、すぐにでも解放しなければならない。

「早く操っている魔法使いを見つけましょう！」

「その前に、一度学院長先生と連絡を取ります。この状況を知らせないと……《セインティア・ミラー》！」

俺たちの前に白い鏡が現れ、エレナ学院長の顔が映し出された。

「イズ筆頭教官、そちらの状況を教えてください」

「［学院長先生、ご無事ですか⁉］」

「はい、私は問題ありません。ですが、強力な闇属性の魔法に閉じ込められてしまったようです。突破するのには時間がかかってしまいます」

鏡の後ろには部屋の様子も映っているが、挨拶したときと違って黒いもやに浸食されていた。エレナ学院長までは操られていなくてよかったが、助太刀を望むのは難しいだろう。

イズは鏡を動かしながら状況を説明する。

「生徒と他教員たちは全て闇の力に操られています。今はミリタルさんの分身で動きを抑えていますが、時間の問題です」

「わかりました。みなさんは早急にこの魔法をかけている人物を見つけ出してください。非常に強力な魔法です。扱える者は限られるでしょう」

硬く告げられた言葉に緊張感が高まる。エレナ学院長の言うことはもっともだ。俺はそこまで魔法に詳しくないが、闇属性なんて素人には扱えないだろう。

同時に、メガネをかけたとある人物の顔が思い浮かぶ。信じたくはないが性格などを考えると可能性は十分にあった。

「この事態はわたくしたちで収束させます。それまで学院長先生もどうかご無事で」

「よろしくお願いします。私もすぐそちらへ向かいます」

それを最後に、学院長先生の姿は消えた。イズはバリアの魔法を解除する。

「では、学院全体に探知魔法をかけます。地下深くにまで及ぶ魔法です……《セインティア・サーチ》！」

白い光の波動がイズを中心として講堂を走り、学院中へと伝わっていく。グロッサ魔法学院は広大だが本当に全部調べられるのか。さすが筆頭教官だな。

やがて、イズの表情は徐々に硬さを増した。ミリタルが不安そうに問いかける。

「どうかしら、イズ。見つかりそう？」

「……いえ、反応がありません。おそらく、魔法を遮断する結界の中にいるのでしょう。わたくしの探知魔法も防ぐとは……」

「なかなかの強敵ってわけか」

「となると、手当たり次第に探すしかなさそうですね。私と先生、イズの二グループに分かれましょう」

イズは申し訳なさそうにしょんぼりしていた。彼女のすごさはよく知っている。そもそも、こんな大がかりな魔法が使える相手なのだ。生半可な敵ではないだろう。

「力及ばず、申し訳ありません……」

「いや、イズのせいではないさ」

「そうよ。あなたがいなければ、私たちは今頃どうなっていたかわからないのだから」

俺たちは急いで講堂を出る。学院は廊下も大きいし部屋も多い。探し出すのは困難だろう。

気を取り直して二手に分かれようとしたときだった。ふと、肉料理と思しき食事の匂いが鼻をついたのだ。あまりにも場違いすぎて、思わず俺たちは足を止めた。

「なぜ料理の匂いが……」

「先生、もしかしたら料理人たちも操られているのかもしれません。イズ、食堂は近くにあるの？」

「いえ、ここからは距離があるはずです。でも、心配ですね。ちょっと確認してみましょう」

匂いをたどって廊下を進む。突き当りの角を曲がると、見慣れた男が歩いていた。

そう……シーニョンだ。背中しか見えないが、トレードマークの短い金髪に、どことなく気取った歩き方。まさしく、彼に違いない。

「「え……」」

予想もしていない人物で、俺たちは絶句した。当の本人は、上機嫌で鼻歌を歌いながら廊下を歩いている。

「なんであいつがこんなところに。おーい、シーニョ……うぐっ」

「先生、ちょっと待ってください。何かを運んでいます」

声をかけようとしたら、ミリタルに激しく襟を引かれ喉が詰まった。そのまま、俺たちは壁に隠れて様子を窺う。シーニョンは少し歩くと立ち止まった。何かを呟きながら窓の外を見る。

「……平和だ」

どうやら、彼はこの事態をよく把握していないらしい。シーニョンらしいと言えばらしいが、あまりの危機感のなさにこちらが心配になる。横を向いたときチラッと見えたが、シーニョンはトレイを抱えていた。その上には、ステーキらしき料理の皿が。

「どうして飯なんかを持っているんだろう。それどころじゃないのに」

「素振りや表情からも操られている様子はありませんね」

「わたくしも闇魔法の力は感じません。自分の意思で動いているようです」

彼女らも俺と同じ意見らしい。てくてくと歩くシーニョンを注意深く見れば見るほど謎は深まった。

「なんでシーニョンだけ操られていないんだろうな」

「……もしかしたら、誰かに食事を運んでいるんじゃないでしょうか。それこそ、闇の力を扱っている人物に……」

イズが推理した内容に、ミリタルも賛同していた。

「考えられますね。彼が操られていないのも怪しいです」

「よし、後をつけてみるか」

廊下には等間隔に柱がせり出していて、身を隠しながら後を追うことができた。シーニョンのことだから気づくはずもないだろうが、まぁ念には念を入れてだな。

シーニョンは数十歩進むと、廊下の壁の前で立ち止まった。注意深く周囲を見ている。空中に文字を書くように手を動かすと、なんと壁が徐々に透明となり黒い空間が現れた。彼が中に入ると、壁は元通りになった。

「ふ、二人とも、今の見たか？」

「ええ、あそこが敵の隠れ家に間違いありません」

「行ってみましょう。デレート様のお知り合いが手がかりになってくれるとは思いませんでした」

三人で壁の前に行く。そこだけ歪《いびつ》な様子はなく、至って普通の壁だった。

「触ってみても変なところはないな」

「暗号を示さないと入れない仕組みなんでしょう。【シンマ】なら突破できそうですが、果たして力ずくでいいものか……」

「お二人とも、ここはわたくしに任せてください。まずは呪文の術式を調べてみます。《セインティア・リビール》」

イズが壁に手を当てながら魔法を発動すると、壁に紫色の魔法陣が浮かび上がった。円を描くように、魔法の文字が複雑に入り組んでいる。文字はじわじわと右に左に動いていて、俺はすげー……と眺めることしかできなかったが、イズは険しい顔で分析していた。

「これが部屋を隠している呪文です。術式の一部に古代の魔法を組み入れることで複雑化しています」

「解読できそう？　私も少しなら魔法の知識があるけど」

「いえ、大丈夫です。すでに解読できました。この文字列は方程式のようですね。解を示すことで扉が開きます」

ミリタルもすごかったが、イズも負けず劣らずだ。シーニョンがやったように、すいすいと空中に文字を書く。さっきと同じように壁が透明となり、黒い通路のような空間が現れた。俺もミリタルも感嘆とするばかりだ。

「す、すごいな、イズ。十秒も経たずに開けてしまうなんて……さすが、グロッサ魔法学院の筆頭教官だ」

「私にはとうていできない所業です……」

「いえいえ、これくらい簡単ですよ。さあ、行きましょう。階段が下っているようなので気をつけてください」

イズを先頭にして、俺たちは慎重に進んでいく。少しの明かりもなくてかなり暗い。よく注意していないと足を踏み外しそうだ。

静かに静かに下りていくと、光がぼんやりと漏れ出しているのが見えた。俺たちは一段とゆっくり進む。最下層へ近づくにつれ、徐々に人の会話も聞こえてきた。

「ほら、食事を持ってきてやったぞ。〈オーシャン・カウ〉のサーロインステーキだ」

「ほぅ……なかなか気が利くじゃないか」

「代金は君にツケといたからよろしく」

シーニョンとバイヤー教頭の声だ。こっそり覗き込むと、バイヤー教頭がツケについて文句を言いながらも、喜んでむしゃむしゃと肉を食っていた。彼の身体は黒いオーラをまとっている。生徒たちを襲った闇属性の魔力と同じだ。そのすぐ傍には杖が立てかけてある。学院の人々を苦しめる悪の元凶がそこにいた。ミリタルもイズも息を潜め、ジッと中を窺う。ここで全てを終わらせるのだ。俺たちは顔を見合わせると、部屋の中に足を踏み入れた。

「バイヤー教頭、生徒たちを操っているのはあなたですね？　今すぐ解放しなさい」

「イズ筆頭教官、軍団長閣下!?　おっさんの鍛冶師まで、どうしてここにいる！」

バイヤー教頭はこちらを見ると、目を見開いて驚いていた。この部屋が見つかるなんて、思いもしていなかったようだ。

「そこにいるあなたの部下のおかげで、わたくしたちはここまでたどり着けました」

「なんだと！　……貴様ぁっ！　どこまで愚かなんだ！　尾行に気づかなかったのか！　飯なんぞ運びおってぇ！」

「君だって喜んで食べていたじゃないか！　や、やめろ、服がダーティーになるだろうが！」

「それとこれとは別だ！　ええい、もう我慢ならん！」

シーニョンを突き飛ばすと、バイヤー教頭は杖を取った。

「用が済んだらお前は殺しておくべきだった！　《ダーク・アロー》！」

「ひぃっ！」

杖の前に黒くて鋭い矢が何本も現れ、シーニョンに向かって襲い掛かる。まずい！　ハンマーを投げて打ち消そうとしたとき、視界の隅でフッと何かが動いた。ミリタルだ。猛スピードで駆け抜けると、シーニョンに強烈な飛び蹴りを喰らわせた。

「げはぁっ！」

黒い矢の攻撃は空振り。シーニョンは壁に激しく衝突して、ぐったりと気絶した。バイヤー教頭は憎たらしげにミリタルを睨む。

「チッ！　余計なことを」

「これ以上罪を重ねるな。投降しろ、バイヤー教頭」

「あなたに逃げ場はありません。さあ、早く魔法を解きなさい」

こちらには国軍の軍団長と魔法学院の筆頭教官。戦力差は歴然だろうに、バイヤー教頭は諦めようとしなかった。杖を離すこともなく、むしろ今度は俺たちに向けた。

「いいや、ワシは諦めん！　絶対にこの国を手中に収めるのだ！　《ダーク・ゴーレムオペレート》！」

杖が怪しく光り壁に吸い込まれると、壁からゴーレムがせり出してきた。両脇から一体ずつ、奥の壁から一体、合計三体だ。どれも天井に届きそうなほど大きい。全身は岩のようにゴツゴツとしており、赤い一つ目が不気味に光っていた。

バイヤー教頭は得意げに告げる。

「言っておくが、こいつらは特別製だ。Sランクの素材を厳選した上に、闇属性の魔力を込めてある。簡単には倒せないぞ。負けたらワシの部屋に来なさい」

「あいにくだが、この剣に斬れぬ物はない……紫電一閃《しでんいっせん》！」

ミリタルが剣を引き抜くとともに、近くのゴーレムを斜めに切り裂いた。【シンマ】は音もなく振り抜かれ、ゴーレムはズズン……と崩れ落ちる。

「《セインティア・レーザーショット》！」

【ダイウォンド】からは白い光線が迸り、ゴーレムの全身を打ち抜いた。ガラガラと破片が床に落ちる。二人ともさすがの実力だ。強そうな敵を簡単に倒してしまうなんて。俺も負けてられん。

ハンマーを力強く握りしめたとき、倒したはずのゴーレムに異常が起きた。切り裂かれ、打ち砕かれた身体から、黒い体液がゴポっとあふれている。やがて、体液はボコボコと形を作っていき、しまいにはまた新たなゴーレムが生み出された。二人が倒したゴーレムは一体ずつ増え、合計五体にもなってしまったのだ。

ミリタルとイズが厳しい表情になると、バイヤー教頭は高笑いした。

「ゲゲハハハッ！　ほら、見たことか！　闇属性の魔力で強化されていると言っただろう！　貴様ら程度の攻撃では破壊することなど不可能だ！」

五体のゴーレムは、バイヤー教頭を守るように立ちはだかっている。ミリタルはサッと俺たちの下へ戻ってきた。

「増殖するとは、予想外の能力を持っていましたね。ただでさえ硬いのに、さらに増殖までするとは……厄介な敵です」

「あの術式を分析するのには時間がかかってしまいそうです」

ゴーレムなんて作るだけでも相当大変だと聞いている。バイヤー教頭はあんなでも、魔法学院ではトップクラスの実力を持っているのだろう。だが、どんな強い敵だろうと必ず弱点はある。そこをつけば倒せるはずだ。

俺はハンマーを握り、精神を集中してゴーレムを見る。アイアンベアを倒したときと同じように、その強靭な身体に黒い光が浮かび上がった。ちょうどこいつらの目と重なっている。黒い光はそこしかないので、やはりバイヤー教頭の実力は優れているのだろう。

「ミリタル、イズ！　ゴーレムの弱点は目だ！　目を攻撃してくれ！」

「「！　……了解！」」

バイヤー教頭がぎくりとすると同時に、二人はすぐ行動に移ってくれた。

ミリタルがバイヤー教頭の右側に構えている二体のゴーレムへ猛然と駆ける。ゴーレムたちは腕を後ろに引くと、ほぼノータイムで殴りつけた。こっちもかなりの速さだ。ミリタルはまったくスピードを落とさず壁に飛び移って躱す。そのままの勢いで壁を蹴り、赤いモノアイへと迫った。

「神突《しんとつ》、二連撃！」

目にも留まらぬ速さで【シンマ】を突き出す。一瞬のうちに、二体のモノアイを頭ごと貫通した。ゴーレムたちは動きを止め、ミリタルはひらりと下りる。敵は増殖することもなく、沈黙を保っている。ここまでわずか数秒の出来事。室内の戦いにおいても、軍団長の実力は健在だ。

「《セインティア・ランス》」

ミリタルの反対側では、イズが二体のゴーレムと対峙している。彼女が魔法を発動すると、左右に二本の白くて巨大な槍が宙に浮かんだ。ゴーレムの目に向けて一直線に飛んでいく。ゴーレムたちはとっさに腕を突き出して防御するが、腕ごとモノアイを破壊した。あっけなく沈黙する二体。

残る敵は真ん中の一体だけ。ちょうど俺のすぐ前だ。二人に任せてばかりではいられない。俺も頑張らなければ！　気を引き締めてハンマーを握ると、徐々に白い光が宿った。

俺にミリタルのような俊敏な動きはできないし、イズみたいな遠距離攻撃もできない。だとすると、カウンターを狙うのが良いだろう。見たところ、こいつらは接近戦が主力のようだから、まずは動きを良く見切るんだ。

『……！』

ゴーレムは俺の頭を狙い、左腕で殴りかかってくる。すかさず、身を小さくして躱した。俺はミリタルより背が高いから、深くかがむだけで大きなスペースが生まれる。そのまま、ゴーレムの左足へ向かう。この位置ならばゴーレムの右腕も届かないし、追撃を避けられる。ここでも兵士たちに稽古してもらった成果が出ていた。

間髪入れず、ハンマーでゴーレムの膝あたりを力の限り叩く。いくら高性能のゴーレムとはいえ、所詮は人型。関節を攻撃されたらバランスを保てないはずだ。思った通り、ゴーレムはぐらりと体勢を崩した。高い位置にあったはずのモノアイが俺に迫ってくる。こいつらは増殖するといっても、攻撃された後すぐに増えるわけじゃない。さっきだって、多少の時間差があった。

だから、増殖する前にモノアイを破壊するのだ。不気味に赤く光る目に向かって、渾身の力でハンマーを振り下ろす。白い閃光が迸り、激しい落雷で岩が割れるような轟音がとどろいた。

光が収まったとき、轟音の結果が目の前にあった。床には粉々になったゴーレムの破片が散らばっている。もちろん、黒い体液が出ることも、増殖することもない。

バイヤー教頭ご自慢のゴーレムは、わずか一分も経たずに全滅してしまった。

「なっ……にっ……！」

あまりにも予想外すぎたのか、バイヤー教頭は驚きを隠し切れていなかった。イズが冷静に諭す。

「あなたの味方はいなくなりました。降伏しなさい。平和を乱そうというあなたの愚かな野望はここまでです。負けを認め、生徒及び教員たちを解放しなさい」

「う……嘘だ……嘘だ。このワシがこんなに圧倒されるなんて……嘘だ。ワシの今までの努力が……こんな愚か者どもに壊されるなんてありえん……ワシはグロッサ魔法学院の教頭だぞ……」

　バイヤー教頭は頭を抱えながら、うわ言を言うばかりだ。先ほどまでの尊大な態度は消え去り、弱々しい雰囲気に包まれていた。なおもイズは語りかける。

「さあ、今すぐ降伏しなさ……」

「ワシは認めない……認めないぞおおおおお！」

　突然、バイヤー教頭が叫び、彼の全身から黒いもやが怒涛の如く噴き出した。闇属性の魔力があふれている。黒いもやは球体のような形を作り、バイヤー教頭の姿はまったく見えなくなってしまった。

「先生、かなり強大な力を感じます。私の後ろへ」

「な、なにが起きてるんだ？」

「バイヤー教頭は闇属性の魔力に取り込まれています。おそらく、制御しきれなかったんでしょう。このままではまずいですね……《セインティア・アロー》！」

　白い矢が何本も黒い球体へ向かって飛んでいく。接触した瞬間、黒い球体は弾け飛んだ。闇属性の余波が空中に迸っては消滅する。

「た、倒したのか？」

「……いいえ。どうやら、手遅れだったようです」

　イズが硬い表情で呟く。どういうことだ？　と疑問に感じたが、目の前の光景を見れば彼女の言った意味はすぐにわかった。

『すごい……力が全身の隅々にまで行き渡っている感覚だ……』

歪な姿をしたバイヤー教頭が立っている。頭の右半分に角が、背中からは黒い両翼が生え、人間とはほど遠い姿だ。想像すらしていなかった姿に、俺たちは強い緊張感を抱いた。

「彼の身体が……半魔族化していますね」

「『半魔族化……？』」

言われてみれば、伝承で聞く魔族の姿と半分だけだがそっくりだな。バイヤー教頭はニタリと薄気味悪く笑いながら俺たちを見る。

『ワシはこのようなところで終わる人間ではない。この国の、いや、この世界を統《す》べるにふさわしい人間なのだ』

姿形が変わっても、中身は変わっていない。むしろ、より傲慢さや尊大さが増しているようだった。

「デレート様、ミリタルさん、気をつけてください。闇属性の魔力は欲深い心に強く反応します。さっきまでのバイヤー教頭とは違った力を持っているはずです」

『その通り、よくわかっているなイズ筆頭教官。今のワシを止められる者など一人もおらん。さあ、個人指導を始めてやる！』

バイヤー教頭はバサッと空中に浮かび、俺たちめがけて突っ込んできた。ゴーレムよりも数段早く、両手には闇属性の魔力による鋭い爪が現れている。ミリタルが【シンマ】を持って立ちはだかった。

『そぉらっ！』

「っ……！」

金属と金属が激しく衝突したときのような、耳をつんざく音が響き、バイヤー教頭の爪とミリタルの【シンマ】がぶつかった。ミリタルは剣で爪を弾くと、一瞬のうちに下段の構えをとり、凄まじいスピードで返しの斬撃を浴びせる。

「神速・燕返《つばめがえ》し！」

【シンマ】の白い刀身がギラリと煌めくほどの、強烈な一閃がバイヤー教頭を襲う。

「《セインティア・ストライク》！」

ミリタルの攻撃に続き、イズの【ダイウォンド】から巨大な光の拳が出現し、腹を殴り飛ばした。バイヤー教頭は激しく壁に衝突して、ぐたりと床に崩れ落ちる。

そして、そのまま彼は気絶……はしなかった。むくりと起き上がると、パンパンッと服の埃《ほこり》を払っている。

『寄ってたかっていじめるなど酷いではないか。ワシは魔法学院の教頭なのだぞ。これは個人指導の時間を倍に増やさなければならないな』

斬撃の跡も殴打の跡も残っておらず、至って普通の状態だ。あれほどの強烈な攻撃を立て続けに二回も喰らったというのに、バイヤー教頭はまるでダメージを受けていない。

「どうして、私たちの攻撃が効いていないんだ……？」

「闇属性の弱点である聖属性ですのに……」

二人の攻撃はいずれも、強力な聖属性が宿っている。闇属性には絶大な効力を発揮するはずだ。

バイヤー教頭は嫌らしい含み笑いを浮かべる。

『なに、簡単なことだ。闇属性は聖属性の弱点だが、逆もまた然り。そして、ワシの闇属性は貴様らの聖属性より純度も濃く強い。そんな貧弱な攻撃では傷一つつけられないぞ』

互いに弱点同士の関係だから、二人の一撃は打ち消されてしまったのか。おまけに、時間が経つにつれバイヤー教頭の身体は少しずつ変化している。

『ワシは絶対にこの世界の王となってやる。手始めにこの国を支配して……ウグアアアア！』

叫び声とともに左の側頭部からも角が伸び始め、両の翼はさらに大きく、顔からは巨大な牙まで生え出した。もう顔の面影はほとんど残っていない。人間の理から離れ、魔族の領域へ足を踏み込んでいるのだ。その光景はおぞましく、今すぐにでも止めないとまずいと強く感じる。

「な、なぁ、イズ。あのまま放っておくと、彼はどうなってしまうんだ？」

「完全な魔族となり、さらに強大な力を得るでしょう。もしそうなってしまったら手遅れです。魂まで闇属性の魔力に侵され理性を失い、もう二度と人間に戻ることはありません」

「ということは、半魔族化のうちにどうにかしないといけないってことね」

ミリタルは剣を、イズは杖を構え直す。

「デレート様、今が勝負です。これ以上魔族化が進む前に、一斉攻撃で倒しましょう」

「完全な魔族になったら、被害は想像もつきません。ここで決着をつけるべきです。状況によっては生死を問えません」

二人は厳しい表情で告げた。俺も賛同するべきだろうが、心の底には小さなわだかまりがあった。バイヤー教頭のことは別に好きではないが、魔族になってほしいとまでは思っちゃいない。彼は道を踏み外してしまったのだ。もちろん、生徒や教員を操るという所業はとうてい許されない。しかし、同時に人間である以上、やり直せる可能性だってわずかながら残っているはずだ。

「二人とも、バイヤー教頭を倒して……救うぞ」

逡巡《しゅんじゅん》しながら出した結論は、救済だった。姿形が変われど、彼もまだ一人の人間なのだ。殺してしまうのは最後の手段にしたい。素直な気持ちを伝えると、ミリタルとイズは一瞬ハッとしていたが、すぐにうっすらと柔らかな微笑みを浮かべた。

「……先生らしいですね。ええ、彼を魔族の手から救いましょう」

「まだ魔族化は全身には及んでいません。決定的なダメージを与えれば、魔族化も止まるはずです」

俺たちは武器を手に、バイヤー教頭と向かい合う。いよいよ、魔法学院での最終決戦が始まろうとしていた。

『死ねえええ！　《ダーク・アーマーラッシュ》！』

バイヤー教頭は黒いもやを鎧のようにまとい、不規則に飛びながら突っ込んできた。両手には黒い剣。くっ、どうする。

「わたくしが援護します！　デレート様とミリタルさんは構わず走ってください！」

「よ、よし、わかった！」

「やっぱりあなたは頼りになるわね」

イズの言葉を胸に、俺とミリタルは真正面に走り出す。イズの《セインティア・キャプチャー》！　という掛け声とともに、光の縄がバイヤー教頭に縛りついて動きを止めた。俺は右から、ミリタルは左から武器を振るう。

「激甚斬《げきじんぎ》り！」

「くらえっ！」

あいにくと、俺にミリタルみたいなカッコいい技名はないのだが、しっかりと聖属性の魔力をハンマーに乗せることができた。しかし、攻撃が当たった箇所は黒いもやが一瞬消えるが、すぐにまた覆われてしまう。

『ははっ、近寄りすぎだ！　《ダーク・スパイク》！』

「危ないっ！　《セインティア・プロテクト》！」

バイヤー教頭の全身から何本もの鋭いトゲが突き出す。俺たちの身体が貫かれる寸前、光の盾がガードしてくれた。バイヤー教頭はイズの縄を振り解き空中を舞う。その間にも魔族化はじわじわと進んでおり、それほど時間は残されていないことがわかった。イズも合流し、みなで作戦を立て直す。

「全然攻撃が効かないな。きっと、闇属性のオーラが厚すぎるんだろう」

「どうしましょうか。先生と私の同時攻撃も防がれるとは、見た目以上の耐久力です」

「魔力が人間から魔族へと変化していることも一因でしょう。聖属性の伝達を阻害しています」

このままでは完全に魔族となってしまう。どうすれば、闇属性の魔力を打ち消せる。そう思ったバイヤー教頭の言葉が思い出された。

そう……弱点だ。いくら闇属性の魔力が強くても、必ず弱点がある……！　闇属性の素材を扱ったことはないが、今までの経験が応用できるはずだ。気持ちを整えバイヤー教頭をジッと見ると、徐々に身体の見え方が変わってきた。心臓に当たる位置がぽっかりと黒く浮き上がっている。元々黒いオーラに包まれているが、そこだけよりはっきりと光って見えるのだ。あそこが弱点に違いない。

「二人とも、バイヤー教頭の弱点は心臓だ！　胸を攻撃するんだ！」

「『了解しました！』」

『はっ！　この偉大なるワシに弱点などないわ！』

笑い飛ばすように言うと、バイヤー教頭は両手に剣を構えたままこちらへ向かってくる。身にまとう闇属性の魔力は、漆黒の闇のように黒さを増していた。人間の面影は見下したような目つきに、わずかばかり残るだけだ。

「イズと私でもう一度隙を作りますので、先生がとどめの一撃をお願いします」

「この中ではデレート様の攻撃力が一番高いと思いますので」

「よし、わかった」

気を引き締めハンマーを握る。この攻撃が最後のチャンスになるだろう。

「《セインティア・サンピラー》！」

『……クソッ、面倒な！』

天井から光の柱が何本も下りて、バイヤー教頭のルートを制限する。翼に当たるとジュゥゥ……と焼けるような音が響くので、避けざるを得ないようだ。イズに誘導され、バイヤー教頭は正面から迫りくる。

ミリタルは左足を前に出し、右足は【シンマ】とともに後ろに大きく引いて身体を傾けた。バイヤー教頭が目前に来た瞬間、超人的なスピードで剣が振られる。

「蒼天刹那《そうてんせつな》！」

『がっ……！』

両手両足、胸を打たれバイヤー教頭はのけぞった。俺にミリタルの斬撃は見切れなかったが、攻撃が当たった箇所のもやが晴れているからどうにかわかったのだ。黒いもやが薄くなった心臓目掛けて、全力でハンマーを振り下ろす。

闇の魔力を完全に消し、彼が人間に戻れるよう願いを込めて。

『ぐっ……ああああ！』

地下室は白い閃光と轟音に包まれた。

閃光が収まると、床に一人の男性が横たわっていた。黒いもやが消え失せたバイヤー教頭。角や翼などもなくなり、元通りの人間だ。胸が上下しており、生きていることが確認できる。見たところ、大きな怪我も負っていない。闇属性の魔力だけ浄化できたようだ。

「よかった、なんとか勝てたな。魔族化の一歩手前ってところか」

「やはり、先生の一撃はとてつもない威力ですね」

「生徒と教員たちの安全も確かめましょう。もう解放されているといいのですが……《セインティア・ミラー》」

光の鏡が現れ、講堂の様子が映し出される。バイヤー教頭に操られていた皆は、無事に黒いもやから解放されていた。イズが呼びかけると、身体の節々は痛いが概ね大丈夫とのことで安心した。すぐに医術師を手配すると伝え、そのままエレナ学院長ともコンタクトを取る。

「みなさん、闇の魔力に打ち勝ったのですね。怪我はありませんか？」

「ええ、わたくしたちは大丈夫です。そして、首謀者はバイヤー教頭でした。闇属性の魔力により半魔族化までしていましたが、デレート様とミリタルさんのおかげで倒すことができました」

「そうだったのですか……。学園でこのような事件が起き、しかも教員の中に首謀者がいたことは非常に残念ですが、みなさんに深く感謝します」

地下室での戦いを伝えると、エレナ学院長は俺たちを褒めてくれた。すぐに生徒たちの治療にあたると言い、鏡は消えた。

イズは光の鳥を何羽か飛ばす。きっと、医術師を呼ぶための鳥だ。床のバイヤー教頭に肩を貸して立たせる。その動作も辛いほど、俺の全身はビキビキだった。全力の攻撃は身体への負担が大きいな。これからも基礎トレーニングを積まなければ。

「ほら、自分の足で歩け、愚か者」

「うっ……」

ミリタルにどつかれ、バイヤー教頭はフラフラと自立したが、まだ朦朧《もうろう》としている。まずはエレナ学院長のところに連れて行くのが先決だろう。イズはというと、戦いは終わったのに相変わらず厳しい表情で部屋の中を探っている。

「どうした、イズ。何か探しているのか？」

「これだけ強大な闇属性の魔力を取り込むなんて、通常では考えられません。特殊な要因があったのだと思います」

「なるほどな……」

俺は反対側を探そうと足を動かしたとき、ジャリッと硬い物を踏みつけた。拾い上げると、黒いガラスの欠片だった。

「なんだ、これは」

「デレート様、見せてください」

イズに欠片を渡す。彼女は真剣そのもので、まじまじと観察していた。あまりにもじっくりと見るので、重要な物なのだろうか。

「手がかりになりそうか？」

「いえ……手がかりどころではありません。これは闇属性の宝玉の一部です」

「「なに⁉」」

俺とミリタルは慌ててガラスの欠片を見る。うっすらと黒いもやが蠢いていた。

「バイヤー教頭が何か知っているはずです。わたくしの魔法で記憶を探ってみましょう」

「でも、こんな朦朧とした状態で情報が手に入るかな」

「通常では難しいですが、有力な手がかりがあるのでおそらくは……《セインティア・サーチメモリー》」

「うっ……」

イズがバイヤー教頭の頭に手をかざすと、小さな粒子みたいな光が彼女の手に集まっていく。

「……ふむ、思った通り、この宝玉は闇属性の魔力が納められていました。バイヤー教頭に渡したのはエージェンという女性。こんな物を入手できる人間は限られています。おそらく、エージェンはただの人間ではありません。危険な人物と考えるべきです」

危険な人物と聞いて、心臓が冷たく脈打った。まだ予感でしかないが、何か薄気味悪い存在が隠れているようでならなかった。

「ミリタルさん、ここはお願いできますか？　早急にエージェンを探さなければなりません」

「ええ、もちろんよ。任せて」

「イズ、俺も一緒に行くよ。まだなんとか身体は動かせるからな」

「ありがとうございます。デレート様がいてくれれば、とても心強いです」

勝利の余韻に浸る間もなく、俺とイズは地下室を出る。目の前の敵を倒すことはできたものの、この戦いはまだ終わっていないのだ。

間章　あっけない敗因（Side：エージェン）

「おのれ、デレート！　私の計画をことごとく邪魔するなんて！」

デレートが半魔族化したバイヤーを倒し、グロッサ王国のクーデター計画は立ち消えとなった。それを見届けた私は、すでに魔法学院を後にしている。人目につかない森の中を抜け、下町に向かう予定だった。今は一刻も早くここを離れなければ。しかし……。

――……その後はどうする。

魔族とは連絡を取っていない。立て続けに計画を失敗し、魔族の侵略計画に大きな支障が出たのだ。いくら私たちが特別な人間でも、さすがにお咎《とが》めなしとはいかないだろう。

もはや、私に待つのは死だけ。ならば、一度同胞の下へ戻るか？　いや、それでも厳しい状況が待っているのは想像に難くない。失敗者の境遇は私もよく知っている。思案しながら歩を進めているときだった。

「待ちなさい」

突然、目の前に一人の女が舞い降りた。私と同じ黒い髪で、手には長い杖を持っている。こいつはイズ。グロッサ魔法学院の筆頭教官だ。若いのに頭一つ抜けて優秀だからよく覚えている。私を追ってきたのだろう。だが、私が〝理の集い〟の人間であること、さらにバイヤーをけしかけたことまではまだ知られていないはずだ。

「はい。私に何のご用でしょうか？」

「とぼけないでください。あなたはグロッサ魔法学院で起きた事件に関わっていますね？　全部わかっています。バイヤー教頭に闇の宝玉を渡し、半魔族化させたことも全てです。彼の記憶を読み取りました」

「おっしゃっている意味がわかりませんが。申し訳ありません、急いでいますので……」

女は【ダークネス・パワーストーン】の欠片を見せてきた。どうやら、ハッタリではないらしい。だとすると……ここは逃げるか。女と反対方向に駆けだす。

「逃げないでもらおうか」

木陰から中年の男が現れた。手には大きなハンマーを携えている。

デレート、こいつは要注意人物だ。ただの鍛冶師ではない。どうにかここを逃げて同胞に知らせなければ……。逃げ道をふさがれた私に、女の声が届く。

「バイヤー教頭を操った目的を話してください。学院を混乱に陥れること以外にも、何か目的があったと思いますが？」

この女は手練れだな。見たところ二十代半ばだが、かなりの実力者のようだ。ここで捕まれば私の記憶も洗われてしまう。もしそうなれば、組織に壊滅的な損害が発生し、魔族が支配する世の中は遠い存在となる。

「話す必要は少しもない。貴様はここで死ぬのだから」

隠し持っていたナイフを引き抜く。逃げ切るにはこいつらを殺すしかない。

「……そのナイフにも闇魔法が宿っていますね。禍々しいオーラです」

「さすがにわかるか。これに切り裂かれると、傷口から闇魔法が身体を浸食するぞ」

【闇侵しのナイフ】
属性：闇
ランク：S
能力：切り傷や刺し傷から闇魔法を送り込む。耐性のない者は、瞬く間に体が腐り落ちていく。

私が持っているのは魔族より授けられた一刀。完全なる殺戮《さつりく》の武器だ。今まで、どんな邪魔者もこれで抹殺してきた。

「これ以上罪を重ねてはいけません。投降しなさい」

「……」

まず倒すべきは魔法使いだ。女に照準を合わせ、慎重に間合いを計算する。こいつがいくら強くても問題はない。魔法使いたちは必ず呪文の詠唱が必要だ。そして、発動する魔法が強力であればあるほど長くなる。相手がいかに手練れだろうと、一瞬の隙をつけば十分に勝機はある。

このナイフがかすっただけでいいのだから。

「はっ！」

両足に力を込め、猛ダッシュで間合いを詰める。たった三歩の距離。私の身体能力なら、中級魔法でさえ余裕で躱せる。そう、詠唱の隙があるのだから……。

「《セインティア・ロック》！」

「な、なに⁉」

詠唱の段階を飛ばして、女の杖から白い光線が放たれた。いや、光でできた縄だ。避ける間もなく私に襲い掛かる。ぐるぐると巻き付き、少しも身動きが取れなくなってしまった。女は涼しい顔で私を見ている。こ、これはまさか……。

「無詠唱魔法だと⁉　貴様、何者だ！」

「私はただの魔法使いですよ。いいえ、正しくはデレート様が造った杖を持っている魔法使いですね。この杖は無詠唱魔法を可能にしてくれるのです」

「デレート……」

その名を聞いた瞬間、怒りを通り越しもはや呆れるばかりだった。またあいつか……。稀代の鍛冶師、デレート。ちょうど私のすぐ後ろにいる。この男はどこまで私の邪魔をすれば気が済むのだ。

「もうあなたは逃げられません。観念しなさい」

縛られた衝撃で【闇侵しのナイフ】を落としてしまった。これ以外の武器はない。

「そうか……私の負けか。私はこのデレートに負けたんだな……」

私の計画は全てデレートによって破綻した。ここまで私を追い詰めるなど、敵ながらあっぱれと言わざるを得ない。

「いいえ、それだけではありません。あなたの敗因は別のところにもあります。それも致命的な敗因が」

……致命的な敗因？　何のことかわからず、ぼんやりとしていたら女は端的に告げた。

「人を見る目がなかったことです」

そう告げられた瞬間、全てが腑に落ちた気がした。ナナヒカリもバイヤーも、あそこまで無能だとは思わなかった。別の人間に接触すればまた違った結末になっていたかもしれない。

一方で、この女や軍団長は人を見る目があったということか……。フフッ、なんとも笑えない冗談だ。

「いいか!?　私たちは永久に不滅だ！　魔族が支配する世界を必ず創ってやる！　お前たちが間違っていることを絶対に証明してみせる！　私の同胞が必ず……！」

「《セインティア・スリープ》」

女が呪文を唱えた瞬間、急速に眠くなってくる。まずい……寝てはダメだ……。必死に寝まいと抵抗するが、瞼《まぶた》が容赦なく垂れ下がってくる。

——私には人を見る目がない。

あまりにもあっけない敗因だった。

追放されたおっさん鍛冶師、なぜか伝説の大名工になる
～昔おもちゃの武器を造ってあげた子供たちが全員英雄になっていた～

間章　人生が変わった日（Side：イズ）

半魔族化した愚かな男は、デレート様に倒されました。鍛冶師なのに、こんな強いのですね。強い驚きと尊敬の念を覚えます。敵だったはずの男に肩を貸すデレート様を見ていると、あの日が思い出されました。そう、わたくしの人生が変わった日です。

◆◆◆

わたくしは国内でも有名な魔法使いの家系に生まれました。両親はもちろんのこと、祖父母や曾祖父母に至るまで、代々魔法学院や国の重役を務めています。

魔法の訓練が始まったのは三歳のときから。基礎的な呪文の勉強から始まり、詠唱の暗記、全ての属性魔法を操るための魔力トレーニング……。その訓練は非常に厳しく、朝から晩まで続きました。同い年の子どもと遊ぶ時間などなく、目の前にあるのは分厚い魔導書だけ。幼いながら緊張感のある毎日で、あの頃はいつも泣いていた記憶しかありません。

さらに悪いことに、わたくしはなかなか芽が出ませんでした。一番簡単とされる火属性の基礎魔法ですら上手く発動できない。何人も家庭教師をつけられ、日々の訓練の時間も増え……わたくしはどんどん追い詰められました。

今思えば、両親から与えられた杖との相性が悪かったのだと思います。繊細な魔力の扱いが求められる大人用の杖を、十歳にも満たない子どもが扱うのは難しかったのです。無論、当時は知る由もなかったですし、たとえ理解しても厳格な両親に伝えることなどできなかったでしょう。裏を返せばそれほど両親からは期待されていたということですが、毎日を過ごすだけで精一杯なわたくしはそこまで考えが及びませんでした。

そのような暗い人生の転機が訪れたのは八歳のとき。わたくしがグロッサ魔法学院の入学試験に落ちた年でした。父は六歳、母は七歳で飛び級入学しており、ただでさえ早期の入学を求められていたのに落ちてしまった。

両親の落胆ぶりは大きく、期待に応えられない自分が心底嫌いになりました。家庭教師から「場所を変えて、しばらく養生した方がいいかもしれない」と進言され、わたくしたち一家はリーテンにやってきました。

しかし、新たな場所でも生活は変わらず、養生とはほど遠い日々でした。訓練を重ねているある日、両親からとうとう「《ファイヤーボール》ができるまで家に帰ってくるな」と言われてしまいました。杖を持ったまま街をうろつくのは虚しく、歩くだけで自然と涙が流れたことを覚えています。

どうすればいいのか、と悩みながら歩いていると、金属を叩くような音が聞こえました。自分が住んでいるところにはなかった鍛冶ギルド。そこで、わたくしは初めてデレート様に会ったのです。

耳慣れないカンッ！　カンッ！　という甲高い音。興味を惹かれ、窓から中を覗きます。中には何人もの鍛冶師がいて、デレート様は右奥にいたと思います。彼らが奏でる音は不思議と心に響き、しばらくひっそりと聞いていたのです。

ですが、やがて日が陰り暗くなってくると、寂しさと悲しさ、そして焦りに襲われました。まだ《ファイヤーボール》はできていない。慣れていない土地の不安も相まって、わたくしの心は押しつぶされそうでした。

「あれ？　また迷子？」

地面を睨みつけていたら、男性の声が頭に落ちてきました。見上げると目元が優しそうな男性がいます。風体からギルドの鍛冶師だとわかりました。

「迷子ではありません……」

「そうなんだ。暗くなってきたから家に帰った方がいいよ」

デレート様は何の気なしに言ったのだと思いますが、それをきっかけに緊張の糸が切れ、涙がポロリと流れてしまいました。

「えっ！　ご、ごめんっ！　そんなつもりじゃ……ああ、どうしよう！」

「ち、違うん……です。魔法がっ……うまく……使えなくてっ……お父さまとっ、お母さまに……帰ってくるなって……」

涙を抑えようとしても抑えられず、途切れ途切れに事情を話しました。デレート様はしばらく聞いていたかと思うと、優しそうな笑顔で言いました。

「だったら俺が子ども用の杖を造ってあげるよ。まぁ、おもちゃみたいなもんだけど」

「し、しかし、そのようなことをしていただくわけには……」

「あ、いや、俺が泣かしちゃったわけだしさ。ちょっと待っててね」

そう言って、デレート様はギルドに戻り、十五分も待つとまた出てきました。その手には杖を持って。

「お待たせ。これを使ってみたらどうかな？」

デレート様が差し出したのは、わたくしの背丈と同じか少し小さな杖。待ち望んだ子ども用の杖でした。わたくしがぼんやりしていると、デレート様は説明してくれました。

「素材は廃棄予定のあまりを使ったんだけど、物はいいはずさ」

おそらく、B～Cランクくらいの木材や金属を使ってくれているようでした。

「ですが、おじさん……わたくしはお金を持っておりません……」

「お金なんて要らないよ。お兄さんが好きで作っただけだからね。そう、お兄さんがね」

タダで製品を受け取るのには抵抗がありましたが、その杖をいただくことにしました。持ってみると、いつもと違う手に馴染むような感覚を覚え、魔法を使ってみたくなったのです。家ではあんなに嫌だったのに……。

「火の精霊、火の神よ……我に燃ゆる力を貸し与えよ……今こそ、その美しい火球を体現しよう……《ファイヤーボール》！」

呪文を詠唱すると、大きな火の玉が空中に現れました。激しく驚くとともに、そのときの感動はひとしおで、悲しみとは違った涙が零れました。

「おおっ！　すごいじゃないかっ！」

「初めて……初めて魔法が使えました……」

「こんな上手に魔法が使えるんだから、思い悩むことなんかないよ」

感動で泣いていると、デレート様は温かい笑顔を向けてくれました。その笑顔は一筋の光となり、わたくしの心を照らしてくれたのです。

「でも、これは全部おじさんの杖のおかげです」

「いやいや、お兄さんは何もしていないよ。お兄さんはただおもちゃを作っただけさ」

わたくしは深い感謝の気持ちを述べ、お名前を伺いました。そうして、自分を救ってくれた鍛冶師はデレートというのだと知り、わたくしもイズであると伝えました。

「もう暗いから家まで送ろうか？」

「いえ、自分で帰れます。本当にありがとうございました、デレートおじさん」

「小さいのにすごいね。じゃあ、俺も帰るよ。調整が必要だったらいつでもやるからね、デレートお兄さんが」

そう言いながら、デレート様はどこかへ去っていきました。

帰宅したわたくしは、デレート様の杖で無事《ファイヤーボール》を発動できました。杖を入手した経緯を伝えると、両親は渋い顔をしていました。こんな地方の鍛冶師が造った杖を使うなど恥だと。

わたくしは必死に自分の気持ちを伝えます。両親は最後まで賛成はしていませんでしたが、メキメキと実力をつけたことで納得し、この杖を持つことを許可してくれました。翌年の試験で、わたくしは歴代最高得点を取って無事入学となり、その後もこの杖とずっと長い時間を過ごしています。

◆◆◆

「これは明日筋肉痛だな。今からでもわかるよ。身体が軋《きし》んでいるし」

デレート様は、ハハハと疲れた様子で笑っています。いつだって、その笑顔はわたくしの心に光を差してくれます。デレート様……あなたのおかげでわたくしは人生が変わりました。

◆◆◆

tsuihou sareta

OSSAN KAJISHI,

nazeka

densetsu no daimeikou ni naru

◆◆◆

間章　処罰(Side:バイヤー)

「さて、バイヤー教頭。詳しく説明してもらいましょうか」

「うっ……」

地下室での戦いが終わった後、ワシは学院長の前に突き出されていた。女王陛下と同じ絶世の美女……。なのだが、その美しい顔からは烈火のごとく怒りが迸っている。おまけに右手には鞭が……。

「聞こえないのでしょうか？　寝ているのかもしれませんね。今起こしてあげましょう」

「あああ！　い、いいえ！　聞こえています！　起きています！　話しますので鞭はやめてください！」

全身をめった打ちにされ気絶しそうになる。たった数秒で体力は限界になった。な、なぜこの偉大なるワシがこんな目に遭わなければならないのだ……。

「魔法学院の教頭でありながら、禁忌とされている闇魔法を扱い生徒や教員たちを操るなど言語道断です。どうなるかわからなかったのですか？」

「そ、それは……」

「わからなかったようですね」

「あああ！」

瞬時に襲い掛かる鞭。もはやワシの身体に無事な部分はどこにもない。鞭のダメージは心まで届き、あっけなく折れてしまった。もういっそのこと殺してくれ……。これ以上苦しむなんてイヤだ。

「さらには、怪しい人物を秘書にしていましたね。しかも、私への報告もなしに」

「も、申し訳ござ……あああ！」

「闇魔法を使った目的を話しなさい」

も、目的……。それを話すのだけは絶対にダメだ。話したらどんなひどい目に遭うのかわかったもんじゃない。まだ鞭の方がマシだ。絶対に……絶対に話さないぞ……。

「話さないのなら拷問にかけます」

「クーデターを起こし王の座を奪うためです……あああ！」

すかさず襲ってくる鞭。もはや、ワシの身体はボロ雑巾のようだ。もう勘弁してくれ……。しかし、学院長はなおも激しく鞭で叩く。呼吸すら困難になり、人間としての尊厳を完全に失ったような気分だ。

「バイヤー教頭、あなたが秘書として雇ったあの女性――エージェンは調査の結果、〝理の集い〟の一員であることがわかりました」

「…………え？」

学院長の言葉はワシの心と頭に強い衝撃的を与える。エージェンは〝理の集い〟だと？　まさか、そんな……たしかに、闇魔法の宝玉なんてどこで手に入れたんだと思っていたが。

「エージェンはグロッサ王国を混乱させ、魔族侵略の下準備をするつもりだったようです。その片棒を担いだあなたは、自分の罪をさらに重くしたということです」

「お、お待ちくださいっ！　全てはエージェンが悪いのです！　ワシはあいつに騙された被害者です！」

学院長は呆れた様子で、ため息交じりに口を開いた。

「まさか、我が校の教頭からこのような愚か者が出るとは思いませんでした……デレート殿がいなければ、今頃どうなっていたことでしょうね」

「くっ……」

反論しようにも、何も思い浮かばない。

「バイヤー、そなたは監獄行きとします。一生牢の中で反省していなさい」

突如告げられた言葉に頭の理解が追いつかない。

かん……ごく……行き……って、なに？

混乱に包まれている間にも、魔法の縄がワシを縛り上げて行く。

「お、お待ちください！　学院長！　もうしません！　もうしないのでお許しを！　申し訳ございませんでした！　……そうだ、ワシの部屋に来てください！　さすれば、全て誤解だとわかります！」

「謝るくらいなら初めからしなければいいでしょう。あなたの部屋にも行きません」

容赦なく縄で縛られる。み、身動きが取れない……。学院長が合図すると、何人かの衛兵が入ってきた。ワシを雑に掴むと、外にズルズルと引きずっていく。向かう先には囚人の運搬に使う馬車が。押し込まれながら後悔が湧き上がってきた。

——今思えば、あの女は怪しさ満点だったじゃないか。あんなヤツの口車になんて乗らず、素直にデレートたちに話せば良かった……。

今となっては遅すぎる後悔の海に、ワシはいつまでも、そしてどこまでも沈んでいった。

間章　ぼ、僕はどうなるんだ(Side：シーニョン)

「さて、次はあなたの処遇を決めなければなりませんね。あなたの処遇も私に一存されています」

バイヤーが連行された後、部屋の片隅で静かに息を殺していたら、学院長が振り向いた。僕のことなど忘れていると思ったのに。だが、これは弁明のチャンスだ。盛大にアピールして僕に対する印象を良くすればいい。

頑張れ、シーニョン。あくまで悪いのはバイヤーたちだと強く伝えるのだ。自分だけ助かる計画を考えろ。

「僕はただ騙されただけでございます！　バイヤーに脅され、やりたくもなかった宝玉のブレイクに加担させられたんです！」

「言い逃れは認めません。あなたにもまた、学院や国を危険な目に遭わせた罪があります」

淡々と告げられ、僕の計画は始まる前に終わった。女王陛下に叱責されたときの光景がデジャヴとなって蘇る……いや、待て。心の中でその光景を必死に打ち消す。まだ大丈夫、まだ大丈夫なはずだ。

「お言葉ですが学院長先生。僕は闇魔法の宝玉なんて割りたくありませんでした。これは全て、バイヤーのオーダーによるものなのです」

「あなたは嬉々としてバイヤーに協力していましたね？　デレート殿や彼の仲間に対して復讐するという発言もあったと、バイヤーから聞いています」

「……っ！」

「このような証言から、あなたにも罪があると考えられます」

学院長に告げられ、バイヤーへの強い憎悪が湧き上がる。あのクソオヤジぃ！　あろうことか、この僕を売りやがって……許さん。あんな男を信用した僕が間違っていた。監獄行きでは飽き足らん。学院長の叱責が終わったら、僕が直々に懲罰してやろう。私刑の時間だ。

「とはいえ、あなたは計画の全容を聞かされていなかったこともまた事実です」

「そ、そうです！　そうですよ！　僕は何も知らなかったんです！」

突然、風向きが変わった。このまま処罰されるのかと思っていたら、どうやら違うらしいぞ。

予期せぬ幸運に気持ちが昂る。

「バイヤー教頭と同じ処遇では、再起のチャンスまで摘むことになると結論づけました」

「その通り！　ザッツ・ライト！」

さすが国内一の魔法学院で学院長まで務める女性だ。しかも女王陛下の妹君。美しいだけでなく非常に聡明で才気にあふれた方である。僕はこのような人に自分の運命を決めてほしい。

「あなたはバイヤー教頭に言われるがまま行動しただけとも言えます。監獄行きでは罰が重すぎると考えました」

「よっ、学院長！　グロッサー！」

まさしく、これは見逃される展開だ。それ以外に考えられない。ああ、学院長。僕はあなたが好きだ。僕をバイヤーのような監獄行きから救ってくれてありがとう。一生ついて行くぞ。

「議論に議論を重ねた結果、あなたの処遇を導き出しました。これならば、あなたも再起が望めるでしょう」

「ありがとうございます！」

学院長という素晴らしい女性と出会えた幸運を噛み締める。僕はなんて幸せ者だ。これが女王陛下だと間違いなく有罪だったろう。僕の嫌いな肉体労働に従事しろとかな。魔法学院に来て本当によかった……。

学院長は僕の無実を告げるため、その美しい口を開く。無論、僕は全てを受け入れるつもりだ。

「あなたには地下鉱山での肉体労働を命じます。汗とともに、その身体から悪しき心を棄《す》てなさい」

「……なに？」

宣告されたのは強制労働への従事令。無罪宣告ではない。思い描いていた明るい未来が、一瞬でぶち壊された。

「な、なぜ無罪ではないのですか！　こんなのおかしいですよ！」

「何もおかしくありません。あなたは学院に多大な被害をもたらす幇助をしたのです。お咎めなしとなるわけがないでしょう。鍛冶師として、素材への造詣《ぞうけい》も深めてきなさい」

その言葉を合図に、衛兵たちが僕を取り囲んだ。有無を言わさずにガッシと掴み、僕をどこかに連れて行く。

「ウェ、ウェイト！　学院長、リッスン！　まずは、僕の話をリッスンしてくれー！」

必死の叫び声は虚無に消え、僕は学外に止まっていた馬車へ押し込まれた。


連れてこられたのはどこかの地下坑道。周囲には心から楽しそうに肉体労働している男たち。汗にまみれ、美に対する意識の高さなど微塵《みじん》も感じさせない。

僕もまた、ボロボロの作業着を着せられ汗だくとなり、最悪の気分で汚い鉱石を運ぶ日々を送っている。憂鬱な気分で台車を押していたら、前方にいた男にぶつかり中身が零れた。疲れと暑さで僕の広い心も怒りで満たされる。

「おい！　何してるんだ！　お前がそんなところにいるからオーバーフローしただろうが！」

「悪かったな！　手伝ってやるよ！　俺たちの大事な仲間だもんな！」

「だ、だから、いちいち叩くな」

男に笑顔でバンバンバン！　と肩や背中を叩かれる。こいつらは鉱石の採掘者兼監視役。仕事の傍ら、僕のような強制労働に従事している人間が逃げないか見張っているのだ。

意外なことに、殴られたり蹴られたりすることは一度もなかった。そういうところはホワイトなのだ。だが、こいつらは元気があふれすぎている。しかも、スキンシップをすることで、自分たちの元気を他の人間に分けられると思っている節がある。その屈強な腕で叩かれると、それだけで全身が激しく痛んだ。瞬く間に他のヤツらも集まりだす。

「大丈夫、何も心配いらないんだ！　俺たちが絶対にお前を更生させるからな！」

「ここで働いていれば邪《よこしま》な心なんて消えちまうよ！」

「いいか？　一人で抱え込むな！　俺たちを頼れ！　みんなお前の味方だぜ！」

男どもは光り輝く笑顔で僕の背中を叩きまくる。

「いい加減にしろおお！　パーミッションもなく、僕の身体をヒッティングするなああ！」

「『しっかり働けば、その言葉遣いも元に戻るからな！』」

こいつらは何を言っても凹まない。それどころか、より激しく絡んでくる始末だ。嫌えば嫌うほど好かれる。突き放せば突き放すほど距離が縮められる。

――ぼ、僕はこういう輩が一番嫌いなんだよ。

学院長から期限は伝えられていない。いったい、いつまでここにいればいい……？　もしかして一生？　そんなの絶対に無理だ。死んでしまう。

――デレートの弟子の方が数億倍マシだった……。もっと真面目にしていれば……。

朦朧となりながら、僕は汗まみれで台車を押していた。

◆◆◆

tsuihou sareta

OSSAN KAJISHI,

nazeka

densetsu no daimeikou ni naru

◆◆◆

第九章　伝説の大名工

「デレート殿、ミリタルさん、そしてイズ筆頭教官。学院を魔の手から救ってくださり、ありがとうございました。まさしく、あなたたちは救世主ですね」

周囲からはパチパチと拍手が聞こえてくる。バイヤーとエージェン（&シーニョン）を捕らえた俺たちは、王宮のバルコニーにいた。エレナ学院長が女王陛下に事の次第を伝えた結果、ぜひ王宮で表彰を、となったのだ。

眼下には闇属性の魔力に操られていた魔法学院の生徒や教員の数々。イズたちの必死の看病もあり、みな元気に復活してくれた。周りは明るい笑顔であふれている。

（エレナ学院長は悪事を見抜けなかったということで、女王陛下の鞭をいただいたらしい）

ひとしきり手を振ると、エレナ学院長の厳かな言葉が響いた。

「聖属性の武器を造るだけでなく、自分の物として扱える鍛冶師はそう多くないでしょう。あなたは、まさしく稀代の鍛冶師と言えます。敵の弱点を見抜ける鋭い目や、人々に慕われる人柄も持っている……国を代表するような素晴らしい人ですね」

「そのようにおっしゃっていただき、喜ばしい限りです」

俺がやったことは別に特別でもなんでもない。鍛冶師として、人として当たり前のことだ。でも、評価していただけるのは嬉しいな。努力してきて良かったと素直に思う。

「デレート殿。貴殿をグロッサ魔法学院の特等講師に任命いたします。今後は鍛冶師の視点から杖の扱い方や整備にご尽力ください」

「ありがとうございます、エレナ学院長。鍛冶師として誇りに思います」

うわああ！　と王宮は盛り上がる。特等講師の話は断ったが、結局断り切れなかったのだ。

エレナ学院長からとても貴重そうなトロフィーをいただく。大きな水晶みたいな形で、これほどまでに美しい装飾品は初めて見た。とにかく落とさないように、慎重に慎重を重ねて抱える。全身全霊だった。

「本当はもっと豪華な宴も開きたかったのですが、事件の直後ですし、生徒や教員もまだ全員復帰しておらず……」

「いえいえ、特等講師にしていただいて嬉しいです。本当にありがとうございます」

エレナ学院長と握手を交わす。今後は鍛冶場と学院を行き来する生活になりそうだ。余計に忙しくなりそうで、やれやれといったところか。ありがたいことに、移動にはこれを使ってください、と転移ポーションも何個かいただいていた。これがあればいつでもすぐ学院に来れるな。ミリタルもイズと名残惜しそうに握手を交わしていた。

「イズ、元気でね。あなたにまた会えて私も嬉しかったわ」

「ありがとうございます、ミリタルさん……。わたくしも嬉しかったです」

「イズと離れるのは寂しいけど、また先生と二人っきりに……クックックックックッ」

ミリタルは嬉しそうに何かをぼそぼそと呟いている。イズはそれを見ると、これまた嬉しそうに言った。

「お言葉ですがミリタルさん。わたくしもしばらくデレート様と一緒にいます」

「「えっ！」」

俺たちは揃って衝撃を受ける。だって、なんかもう切ない別れって感じの雰囲気出ていたぞ。

「で、でも、あなたは魔法学院の仕事があるんじゃ……」

「ご心配なく。しばらく休暇をいただきましたので。学院長先生も少し休んできなさいと快く送り出してくださいましたよ。つまり、わたくしはもう少しデレート様と一緒にいられるということです」

「へぇ……それは良かったわね」

突然、空気がピリついてきたのはなぜだ？　イズよ、目に光を戻しておくれ。

「デレート様、これからもよろしくお願いします」

「え？　あ、ああ、そうだな」

ぷにゅっと抱き着いてくるイズ。何がぷにゅっとしたのかは脇に置いておこう。ミリタルも笑顔が怖いしな。そんな俺たちを見た観衆はさらに一層盛り上がる。

「デレートさーん！　国を守ってくれて本当にありがとうー！　おかげで平和が守られたよ！」

「まさしく、中年の希望の星だ！　俺はあんたみたいなおっさんを目指すからな！」

「これからもデレートさんの名は語り継いでいきますねー！」

バイヤー教頭が企てていたクーデターの計画は、衝撃をもって受け止められた。〝理の集い〟

に対する本格的な調査も始まるようだ。

「とうとう先生の正しい評価が国中に広がったのですね。私も喜ばしいです」

「これからはもっと忙しくなりそうですね、デレート様」

ミリタルもイズも、嬉しそうな笑顔で俺を讃えてくれた。俺は地方の鍛冶師で一生を終えると思っていた。でも、彼女らのおかげでこうして国一番の鍛冶師にまでなれたのだ。

「二人とも、本当にありがとう。俺がここに立っていられるのも、みんなのおかげだ」

だから、自然と素直な思いが言葉となって口から出た。

「わ、私たちのおかげって何をおっしゃいますか、先生」

「そうですよ。むしろ感謝するのはわたくしたちの方です」

そう伝えると、二人はテレテレしながらも嬉しそうに微笑んだ。ミリタルたちを眺めていたら、女王陛下が静かに近づいてくる。姿勢を正し、敬意の気持ちを持って向き直った。

「デレート。貴殿にグロッサ王国一の鍛冶師である証、〝グロッサの槌〟を授与する。これからも鍛錬に励みたまえ」

「ありがとうございます、女王陛下」

いただいたのは金でできた槌の置物。太陽にキラリと光り輝いている。これをいただけるのは、鍛冶師として最大の名誉だ。素晴らしい美しさに心を打たれる。

「さあ、眼下の者たちにも見せてやってくれ」

「はい」

俺が黄金の槌を掲げると周囲は一層盛り上がり、宮殿内は大歓声で包まれた。

「デレート、わらわからも改めて礼を言わせてもらう。そなたのおかげで国が救われた。感謝してもしきれないな」

「恐れ入ります、女王陛下。自分にできることをやっただけではありますが……」

「それがすごいことだと言っておるのだよ」

女王陛下と固く握手を交わす。学院の生徒や教員、国民や兵士たちの歓声を聞いたり、笑顔を見ていると頑張って良かったなと心の底から思う。

「デレート、この後は宴を用意してある。ぜひ参加してくれたまえ」

「ありがとうございます。謹んで参加させていただきます」

祝典が終わると、王宮の大食堂で大きな宴が開かれた。高そうな肉に高そうな魚、高そうなフルーツと高そうな酒……と、とにかく高そうな食材のオンパレードだ。俺の食事何食分かに変換する癖はさすがにもうやめるか。

「それでは皆の者、盃をとれ。デレートの功績を讃え……乾杯！」

「「かんぱーい！」」

女王陛下の一声でそれぞれの盃がぶつかり、カランカランという心地良い音が響く。食事もそこそこに、何人もの兵士や鍛冶師、国民たちが集まってきた。

「デレートさん！　王都に来てくださって本当にありがとうございました！」

「一日でも早く追いつけるように、これからも精一杯頑張りますね！」

「今度私の鍋とかも造ってくださいい！　デレートさんの造った道具を使うのが夢なんです！」

皆さん、すごく興奮されている。これだけ豪華な宴ならしょうがない。とはいえ、やはり俺は目立つことが苦手なようだ。

「あ、いや、俺はほんとただのおっさんですから」

「その謙遜も素晴らしい！」

謙遜したらしたで、彼らはさらに感銘を受けてしまう。そして、いかに俺がすごいかを互いに熱く語り合うのであった。

「先生の人気は留まるところを知りませんね。こんな素晴らしい人に武器を造ってもらったことは、私の生涯の誇りです」

「わたくしもデレート様の杖に恥じないよう、今後も研鑽を積んでまいります」

「ありがとう、みんな。俺も嬉しいよ」

自分の造った物がいつまでも使われるなんて、それこそ鍛冶師冥利に尽きる。俺も頑張らなきゃな。そう思って盃を呷っていると、静かに夜も更けていった。


翌日、イズにいつもの鍛冶仕事を見せていると、兵士の騒ぐ声が聞こえてきた。

「おーい！　銃士隊が帰ってきたぞー！」

周囲はとたんにザワザワとしたどよめきに包まれる。

「銃士隊の帰還だってよ。北部で発生したスタンピードの鎮圧が完了したのか」

「三か月はかかるだろうって話だったけど、まだ一か月しか経ってないよな」

「隊長が強すぎたんだろ、いつものことさ。早く行ってみよう」

兵士や鍛冶師たちは慌ただしく外に出て行く。

「みんなどうしたんだろう。というより、銃士隊ってなんだ？」

「デレート様はずっとリーテンにいらしたので知らなかったですね。近年、新しくできた国軍の特別組織です。その名の通り、剣ではなく銃を扱う部隊となります」

「へぇ〜、そんな組織ができていたのか。時代も変わったもんだな」

意図せず、ものすごいおっさん発言をしてしまった。気を抜いたらすぐにこれだ。

「隊長はベイオネットがやっているんですよ。さぁ、わたくしたちも行きましょう」

「……ベイオネット？」

って、誰だ？　と続ける前に、手を引かれ歩きだした。そんな人、俺の知り合いにいたっけ。

いや、なんとなく覚えている。おぼろげながら聞き覚えのある名前だ。たしか、あの子は……。

考えていたら、銃を持った兵士たちの前に来た。十数人くらいの部隊だ。そして、ミリタルはすでに彼らを出迎えていた。

「「軍団長閣下！　グロッサ銃士隊、ただいま帰還いたしました！　スタンピードも無事に鎮圧！」」

彼らは銃を右肩に構え、一部の隙もないほどに整列する。す、すげえ……さすがは国軍。先頭に一人でいるのがたぶん隊長だよな。女性なんだ。と思ったら、彼女はミリタルを見つけると、にぱ～っとした笑顔になった。

「ミリちゃん、ただいま～！　モンスター倒して来たよ～」

「……ベイオネット隊長。言葉使いを直せとあれほど言ったと思うが？」

「え～、そんなのいいじゃ～ん。長い付き合いなんだからさ～」

女性隊長はミリタルにベタベタくっついている。濃い紫のショートボブに、同じく紫色の猫みたいな丸い瞳。外ハネした髪が活発な印象もあり、本当に猫みたいな娘だった。

「あれ？　なんでイズちゃんもいるの？」

「訳あってお世話になっているんです。こちらにはデレート様もいますよ」

「……え？」

イズが手の平で示すと、隊長はポカンと俺を見た。ただでさえ大きな目がさらに大きくなる。

その表情を見た瞬間、昔の記憶がブワッと頭の中に流れ込んできた。

「パパ～！　会いたかったよ～！　どうして来たことすぐに教えてくれなかったの～！」

「だ、だから、パパ呼びはやめなさいって」

この娘はベイオネット。十五年前、俺が一緒に遊んでいた子どものうちの一人だ。まさか、こんなところで再会できるとは思わなかった。

「デ、デレートさんって、ベイオネット隊長の父親だったのか……？」

「マジかよ。すごい繋がりだな」

「あんな美人の娘さんがいらっしゃるなんて羨ましい」

周りの兵士たちに誤解が広がるので、これは違くてと弁明しまくる。彼女も近所の子どもだったのだが……そういえば全部で何人くらいいたっけ？　ぼやぁ～っと人影が頭に浮かび上がる。たしか、最低でも十人くらいはいたような……。

「パパが造ってくれた銃で、わたしは隊長になれたんだよ。造ってくれて本当にありがとうね」

「え？　そんなの造ったっけ？」

「ほらこれ」

彼女は笑顔で銃を差し出した。

【神域のマスケット銃：シンケット】
属性：聖
ランク：S
能力：使用者の魔力を魔弾として打ち出すことができる銃。魔弾からは神域が展開され、邪悪なる者を瞬時に浄化する。

なんだこれは。腕くらいの長さの銃身は品のある黒鉄色だ。銃床の表面には魔法陣が刻まれていた。これだけ大きければそこそこ重いはずなのに、銃としては驚くほど軽い。他の隊士の銃と見比べてみたが、明らかにこれだけ様相が違った。

「べ、ベイオネット。この銃はなんだ？」

「パパが造ってくれた銃のおもちゃあったじゃん。あれが進化したの」

「進化……」

またか。思い返せば、ベイオネットにもおもちゃを造ってあげたことがある。彼女の言うように銃のおもちゃだ。しかし、それがここまで進化するとは……俺にも原理がよくわからん。

「でもね、パパ。最近調子が悪くなってきたの。パパ以外に直せる人がいなかったから、ずっと修理しなかったのも良くなかったんだけど」

「たしかに、ところどころ歪みがあるな。引き金も少し引きにくいし。じゃあ、すぐにでも修理するか」

「やった〜！　パパ、大好き〜」

「ベイオネット、先せ……デレート殿から離れなさい。ベタベタしすぎです」

「そうですよ。デレート様はお疲れなんですから、もう少しわきまえるように」

俺にまとわりつくベイオネットを必死に引き剥がすミリタルとイズ。それを見て、王宮の兵士たちが盛り上がらないはずがない。

「デレートさんはモテるなぁ。いやぁ、羨ましい限りだ」

「やっぱり仕事ができる男はモテるんだ」

「俺もデレートさんみたいな渋くてかっこいいモテるおっさんを目指すぞ」

いや、まぁ、そういうことではないんだけど……。彼女たちに腕を引かれていると、とあることを思った。

俺はもう四十歳。ぶっちゃけ、人生は佳境を過ぎている。でも……。

——引退はまだまだ先のようだな。

ノベルス

追放《ついほう》されたおっさん鍛冶師《かじし》、なぜか伝説《でんせつ》の大名工《だいめいこう》になる ～昔《むかし》おもちゃの武器《ぶき》を造《つく》ってあげた子供《こども》たちが全員英雄《ぜんいんえいゆう》になっていた～

2023年12月31日　第１刷発行

著　者　青空《あおぞら》あかな

発行者　島野浩二

発行所　株式会社双葉社
〒162-8540　東京都新宿区東五軒町３番28号
［電話］03-5261-4818（営業）　03-5261-4851（編集）
http://www.futabasha.co.jp/（双葉社の書籍・コミック・ムックが買えます）

印刷・製本所　三晃印刷株式会社

［電話］03-5261-4822（製作部）
ISBN 978-4-575-24704-6 C0093